酒場での十夜

私がそこで見たこと

T・S・アーサー
森岡裕一＝訳

角川文庫
24332

目次

主な登場人物

私　語り手。商用でシーダヴィルを訪れるうちに村をめぐる事件に遭遇する
サイモン・スレイド　シーダヴィルの酒場を併設した宿屋「鎌と麦束亭」の主人
アン・スレイド　サイモンの妻
フローラ・スレイド　サイモンの娘
フランク・スレイド　サイモンの息子
ハモンド判事　シーダヴィル一番の金持ち
ウイリー・ハモンド　ハモンド判事の息子
ハーヴェイ・グリーン　「鎌と麦束亭」を常宿にする滞在客
ライマン判事　反禁酒派の国会議員
ジョー・モーガン　製粉所でのサイモンの元同僚

ファニー・エリス・モーガン　ジョー・モーガンの妻
メアリー・モーガン　ジョー・モーガンの娘
ハーグローヴ　シーダヴィルの名士。酒場の客
ネッド（エドワード）・ハーグローヴ　ハーグローヴの息子
ライアン　酒場の客
マシュー　バーテンダー
ジェイコブズ　語り手の商売上の知人
ハリソン　酒場に入り浸る息子を心配する父親

第一夜 「鎌と麦束亭」

十年前、ある用向きがあり、シーダヴィルという村で一晩を過ごすことになった。午後遅い時刻に駅馬車から下りた私は、「鎌と麦束亭」なる酒場を併設した宿屋に投宿することにした。建物も真新しい開業したばかりの宿屋で、「人馬ともに宿泊可」というのが売り物である。三十マイルほどでこぼこ道を揺られ、疲れきり空腹をかかえて古びた馬車から下り立った身には、主人のサイモン・スレイドが善良そうな顔に笑みを浮かべて歓迎してくれる姿は、なんとも嬉しく、その握手にはまさに真の友ならそうであろうという親しみがこもっていた。

酒場に隣接する新しくこぎれいにしつらえられた談話室に入った私は、長旅の果てにやっとくつろげる場所を見出した思いだった。

「なにもかもぴかぴかじゃないか」満足げに部屋を眺めまわしながら、私はそう口にした。天井はさながら吹き寄せられた雪のごとく白く、床にも見事な絨毯《じゅうたん》が敷かれていた。「こんな感じのいい場所は初めてだ。開業してからどれくらいになるのだい」

「まだほんの数か月です」主人は嬉しそうに言った。「まだまだ、これからです。なにせ、ことをきちんとするには時間がかかるものですから。ところで、食事はもうおすみですか」

「いいや。休憩で立ち寄った馬車の駅がなんだか汚らしくて、とても物を食べようという気にならなかった。夕食までどれくらいかかるのかな」

「一時間でご用意できます」と主人は答えた。

「それで結構。柔らかめのステーキを頼みたい。それで昼食を食べ損ねたことなど忘れられるだろう」

「大切なお客様にふさわしい料理をご用意いたします。家内はシーダヴィル一の料理人だと心得ておりますから」

　主人がそう言ったとき、こざっぱりした身なりの十六歳ほどのきれいな顔立ちの女の子が談話室を通りかかった。

「わが娘です」と主人が言うのと、女の子がドアから出て行くのが同時だった。父親の目には誇らしさが宿り、「わが娘」という声の調子には優しさが感じられ、その子が父親にとってかけがえのない子供であることが分かった。

「あんな可愛い子がいるなんて幸せ者だね」そう私は言ったが、注意して言葉を選んだというより、思わず褒め言葉が口をついて出たというのが本音だった。

「ええ、幸せ者だと思います」主人は笑いながら答えた。その色白の丸顔には気苦労による皺《しわ》ひとつなく、今の生活に満足しきっている様子がありありと見てとれた。

「今までずっと幸せな人生を送ってこられましたし、これからもそう願いたいものです。世の中のことはなるようにしかならないし、気楽に生きていければと、私サイモン・スレイドは、そう考えております」そのとき、十二歳ほどの男の子が入ってきて、主人は「息子です」と付け加えた。「お客様にご挨拶しなさい」

男の子は手を差し伸べながら、まったく無邪気そのものの濃いブルーの瞳で私の眼を見て、礼儀正しく「よくいらっしゃいました」と言った。女の子のようにきれいな顔立ちに思わず見とれてしまったが、そこには自分は男の子だといわんばかりの毅然とした態度もすでに表れていた。

「名前はなんというのかね」と私は息子に聞いた。

「フランクです」

「フランクという名ですが、これの叔父の名にちなんでつけました。フランクとフローラという名が響きがよかったもんですから。でも、親なんてものは、可愛さがあまって偏った見方をしがちなものですからね」と主人が言った。

「逆の場合よりずっといいじゃないか」私は言った。

「私もいつもそう言っているんですよ。フランク」と主人は息子に向かって言う。

「酒場にお客様がおいでだ。代わりにお相手しなさい」

　息子はすぐに言われたとおり部屋を出て行った。

「あの子は役に立つんです。結構なものです。酒場じゃ大人顔負けですよ。トディやポンチを作ることにかけては私にひけをとりません」

「でも」と私は言った。「あんな幼い子を誘惑の多い場所に置いておくなんて心配じゃないのかい」

「誘惑ですって」サイモン・スレイドは眉をわずかにひそめた。「とんでもない」と彼は強く反発した。「そこらへんの男に任せるよりもあの子のほうが金庫の管理は安心ですよ。はばかりながら、あの子は正直者の親から生まれた子ですから。このサイモン・スレイドは、どのお方からも今まで一銭たりとも不正にいただいたことはございません」

「いや違うんだ」私は急いで付け加えた。「まったくの誤解だよ。私が言ったのは金庫のことではなく酒のことだ」

　その瞬間、主人の眉はもとに戻り、機嫌のよい顔いっぱいに笑みが浮かんだ。

「そのことでしたか。それなら断じて心配はございません。フランクは酒に興味がありませんし、何か月も酒を注いでいても自分で飲むなどということはありません。その点についてはまったくお気遣いご無用です」

それ以上言ってみても無駄だと分かったので、私は黙っていた。別の客が主人を呼んだので、ひとりになった私はまわりを観察してみた。酒場は談話室に隣接しており、ドアが開いていたので、主人の息子が相手をしている客の姿を見ることができた。その男は身なりのいい若者、というより少年といったほうが似つかわしい。どう見ても十九歳にもなっていない様子だったが、きれいで賢そうな顔立ちにもかかわらず、享楽的な生活によるすさみがすでに現れていた。彼はグラスをすばやく口に運び、待つのももどかしそうに一気に飲み干した。

「こいつはうまい」と言いながら、彼は若いバーテンダーに六ペンスを投げ渡した。「きみはブランディのトディ作りにかけては一流だ。今までこんなうまいトディを飲んだことがない」

そう言われた若きバーテンダーがこの褒め言葉に満足していることは、顔に浮かんだ笑みが物語っていた。ただ私にしてみればこの光景は痛々しく感じられたが、それは、酒を飲んでいる若者がどこか危うく思えたからだ。

「酒場にいるあの若い男は誰かね」私は、数分後に戻ってきた主人に聞いた。

サイモン・スレイドはドアのところまで早足で歩き、しばらく中を覗き込んだ。そのとき酒場には二、三人の客がいたが、彼は迷うことなく私の疑問に答えてくれた。

「ああ、ハモンド判事の息子さんです。村の入り口にある大きなレンガ造りの家に住んでおいでの方ですよ。みんなはウイリー・ハモンドと気さくに呼んでおりますが、この辺りでも珍しいほどいい子です。高慢なところや気取りはまったくない。父親が判事で、おまけに金持ちであるにもかかわらずです。貴賤に関係なく誰もがウイリー・ハモンドのことを気に入っています。それに座持ちが上手ときている。いつも陽気で面白い話をしてくれますし、それでいて、気風《きっぷ》がよくって名誉を重んじるところもある。ウイリー・ハモンドは、卑劣な行為をしでかして後ろめたい思いをするくらいなら、右手を切り取ってくれと差し出すような人物です」

「主人はいるか」店の前の道から大きな声が聞こえてきたので、サイモン・スレイドは再び私のもとを離れ、新しい客の注文に応えるべく出て行った。私は、酒場へ入っていって、ウイリー・ハモンドにさらに注目した。彼に対する関心が、気がかりな気持と混じりあってすでに私の心に芽生えていたのである。彼は地味ないでたちの農夫と談笑していたが、農夫の素朴で素っ気ないありふれた受け答えがかえって、ハモンドのたくみな言葉遣いや溌剌とした想像力を引き立たせていた。農夫のほうはそうとう保守的な人物であるのに対し、若いハモンドは新しい思想を喜んで受け入れ、目的によっては進んで手段を変えていこうという柔軟性を持ち合わせていた。彼の知性が同じ年頃の平均値をはるかに上回っていることはすぐに見て取れたが、見た目の魅力も抗しがたいものがあった。十分ほど黙って耳をすまし観察していると、主人がなぜ彼のことをあれほどまで好意的に語ったのかが理解できた。

「ブランディのトディを飲みませんか」議論が一段落したところで、ハモンドが陽気に言った。「フランクは若いですが、トディに関しては父親を超えているんですよ」

「それじゃもらおうか」と農夫が言い、ふたりはカウンターのほうへ近づいた。

「さあ、フランク。これだけ褒めたんだから、期待に応えてもらおう」若者は言った。

「最高のものを頼むよ」

「ブランディのトディをふたつですね」フランクはいかにもプロのバーテンダーだといわんばかりに尋ねた。

「そうさ、そのとおり。最高の酒をくれ」

気安く話しかけられたのが嬉しかったのか、若いバーテンダーは手際よく酒を作り始め、一方、ハモンドのほうは満足げな笑みを浮かべてその様子を眺めていた。

フランクがカウンター越しにグラスを渡したとき、ハモンドは「これを一級品と呼ばずして酒通とは言えないからな」と言った。彼がグラスのひとつを話し相手の農夫に渡すと、農夫はそれをうまそうにひと飲みし、うまい酒だと褒めた。ハモンドはハモンドで、唇からグラスを離すことなく一気に飲み干した。先ほどと同じく、私には彼の飲み方が、がつがつと渇ききったのどを潤すように思えた。

ほどなくして酒場に人の気配がなくなった。そこで、私は宿屋周辺を散歩することにしたが、主人が付き合ってくれ、おかげで自慢話や将来設計などを聞かされる羽目となった。建物、裏庭、庭園、それに離れは非の打ち所のない様子で、これぞ村の宿屋の理想の姿といえるものだった。

「なんでも仕事となれば」と、おしゃべりなサイモン・スレイドは言った。「うまくやり遂げたいのが私の性分です。はっきり申しますと、もともと宿屋の主人が私の天職だとは思っておりません。でも、私はどんな仕事にでも手を染めることのできる人間なんです」

「前は何をしていたのかね」私は尋ねた。

「粉屋です」彼は答えた。「しかも、うぬぼれを言わせてもらうなら、ボルトン郡広しといえど私の右に出る粉屋はまずおりません。二十年間この稼業をしておりまして、わずかながら小金もたまりました。でも、しんどい仕事が嫌になりまして、もうちょっと楽をさせてもらおうと心に決めたわけです。それで、製粉所を売り払い、その金でこの宿屋を建てた次第です。以前から宿屋をやってみたいとは思っておりました。気楽な稼業だし、ちゃんとやれば確実に儲かる商売ですから」

「粉屋の仕事はまずまず順調に行っていたんだね」

「もちろんですよ。なんであれ、私は仕事はちゃんといたします。昨年など、必要経費を除いた後、千ドル蓄えました。言わせていただきますが、請負製粉所にしては悪くないできだと思います。もっとも、今の持ち主の場合はとんとんでやればいいほうじゃないでしょうか」

「それはまたどうしてだね」

「その男には粉屋の才能がないんですよ。最高の小麦を与えても、挽くときに駄目にしてしまうんです。一粒一粒を台なしにしてしまう。あれじゃ製粉所と一緒に譲ってやったお客さんの半分も維持できないでしょうな」

「そんな立派な商売で正味千ドルも儲かったのなら、満足すべきじゃなかったのかね」と私は聞いた。

「そこが考え方の違いなんです」主人は答えた。「誰しもできるかぎり金儲けがしたい、しかもできるだけ楽をしたいと考えます。私は、宿屋を経営することで、経費を差し引いても年に二千ドルか三千ドルは儲けられると思っています。酒場だけでもそのくらいの儲けにはなるはずです。女房、子供をかかえた男ができるかぎり頑張るのは当然のことじゃないですか」

「もちろんそうだが」と私はあえて言ってみた。「製粉業を続けていても頑張れたんじゃないかな」

「年収二、三千ドルと千ドルですよ。お客様は、その違いが分かっておられるんでしょうね」

「なにも金がすべてじゃないだろう」私は言った。

「なんですって」と言い返したスレイドの顔には半ば信じがたいという表情があった。

「人生においてそのふたつの職業のもつ影響力を考えてみたまえ、粉屋と宿屋の主人と」

「へえ、どういうことですか」

「子供さんたちは以前とくらべて、ここでも同じように誘惑に負けないでいられるかな」

「まったく変わりありません」躊躇《ちゅうちょ》なく主人は答えた。「当然でしょうが」

フランクを惑わすかもしれない酒の魅力について何か言おうとしたが、その危惧はすでに述べていたことを思い出し、もう一度言ってみても詮ないことと思い黙った。

「宿屋の主人は粉屋同様まっとうな職業ですよ。むしろ、今まで私をサイモンとか粉まみれのご近所さんなどと呼んでいた当の連中が、今や、ご主人とかスレイドさんとか言って、かつてなかったぐらい同じ目線で接してくれます」

「変わったのは、きみが金を持っていることが分かっているからだろう。人間というものは財産家には礼儀正しくなるものだから。宿屋を建てたことで、間違いなく君の評価が変わったのだ」と私は言った。

「それだけじゃありませんよ」と主人は反論した。「私の店が質のいい宿屋でシーダヴィルの公益性をおおいに高めているからこそ、村の名士の中にも私を違った目で見てくれる人がいるんです」

「シーダヴィルの公益性を高めているだって。どんなふうに」私には彼の言うことが理解できなかった。

「良い宿屋や酒場はいつも人をひきつけます。ところが、かつて何年もこの村にあったような、切り盛りも下手で古いおんぼろの店だと客足は遠のきます。たいていの村の様子は宿屋を観察すれば分かるものです。経営がうまくいっていて繁盛していれば、村全体にも活力があると見て間違いないでしょう。早い話、私がこの『鎌と麦束亭』を開業してから、通り沿いの土地は二割以上値上がりしましたし、五軒も新しい店ができています」

「それはたんに新規の宿屋が開業したからというだけではないんじゃないか」と私は言った。

「私の知るかぎりほかに思い当たるふしはありません。つい昨日ハモンド判事と話をしていまして、あの方は村の本通り沿いにかなりの土地をお持ちなんですが、ここにいい酒場ができたことで資産価値が少なくとも五千ドル増えたとおっしゃっていました。おまけに、シーダヴィルの住民は私に銀の水差しでも贈るべきだと言ってくださって、そのためなら自分も十ドル寄付するともおっしゃいました」

　夕食を告げる鐘が鳴ったので話はそこで中断した。猛烈に腹の空いていた私は食堂へ向かったが、そこには料理がたっぷり並んでいた。私が食堂へ入るのと入れ違いに、食卓を確認して出て行くサイモン・スレイド夫人と出合った。それまで顔つきを仔細に眺めたことはなかったが、今こうして見ると、火照ったような興奮した様子で、不安と疲れが嫌でも目に入った。それに、口許には、心安らかな人にはない奇妙な、一目見ると忘れられない表情があった。瞬時にしてその顔は私の脳裏に記憶された。今でもその表情を、当時の生々しさのままに思い出すことができる。彼女の顔は、笑みを浮かべ満足しきった夫となんと対照的なことか。主人はいかにもひとかどの人物だといわんばかりの様子で、食卓の上座に着いた。私は腹が空いてしゃべる気にもなれず、会話より食事を楽しむことに没頭した。主人のそばにはおしゃべりな客が座っていたため、食卓での会話はこのふたりにまかせ、私は食卓狭しと並べられた素晴らしいご馳走をおおいに味わったのである。

食事の後、私は談話室へ行き、ランプが灯される時間までそこにいた。おそらく三十分くらい新聞を読んでいたであろうか。そのうち隣接する酒場の喧騒がだんだん大きくなり私の気をひいた。そこで酒場の様子を見てみようとそちらへ足を運んだ。最初に目にとまった人物はハモンド判事の御曹司で、彼は数歳年上の男と座って話し込んでいた。この男が悪事へ誘い込むためにウイリー・ハモンドと付き合っていることが、私には瞬時に見て取れた。手前勝手で破廉恥《はれんち》な人間であることは、彼の邪《よこしま》な表情を見ればすぐに分かった。どうしてみんなが、私のように、一目で嫌悪を感じることがないのかが不思議だった。このふたりのあいだには、村の酒場にいるという一点を除いては、なんらの共通項もないのは明白である。その夜、後になって、男の名はハーヴェイ・グリーンといい、ときどきシーダヴィルへやって来ては気分次第で数日、ときには数週間滞在するが、これといった仕事もなく、村にとくに知り合いがいるわけでもないということを知った。

「あの方に関して確かなことがひとつあります」とサイモン・スレイドは私の質問に対してこう切り出した。「それは、あの方がかなり金を持っていて、しかも使い惜しみしないということです。私に話してくれたことによりますと、以前、五、六か月に一度くらいこの村へ来ていたそうですが、当時一軒しかなかったけちな宿屋がたいへん居心地が悪く、二度とここへは来るもんかと心に決めたそうです。ところが、今や私のところの一番いい部屋のひとつを年払いで確保されていますし、ここにお泊りのあいだは、三食賄い料を請求させてもらっています。シーダヴィルにはどこかひきつけられるものがあるそうで、冬のあいだの南部をのぞいて、どこにいるより体調もよいそうです。あの方が村に落とすお金は年間二、三百ドルを下りません。いい宿屋を持つ強みのひとつの顕著な例と言えますすな」

「彼の仕事はなんだい」と私は聞いた。「何か商いでもしているのかい」

主人は肩をすぼめ、かすかにもったいぶった表情で答えた。

「私は決してお客様に仕事のことは尋ねません。私の仕事はお客様をもてなすことですから。私のところを気に入ってくださり、勘定書きどおりきちんとお支払いいただくかぎり、それ以上の穿鑿《せんさく》はできる立場にありません。製粉の仕事をしていたときも、小麦をどこで作ったのか、買ったのか、はたまた盗んできたのかなどとお客様に聞いたことはありません。粉を挽くのが私の商売、私としてはそれを精一杯うまくやるだけでした。そこから先はお客様ひとりひとりの問題です。ですから、新しい商売でも事情は同じでして、宿屋をうまく切り盛りするという自分の仕事をするだけです」

私が酒場に入ったとき、若いハモンドとハーヴェイ・グリーンのほかには、主人をのぞいて四人の男がいた。その中に、ライマン判事と呼ばれる、歳のころは四十から五十のあいだで、つい数週間前、民主党から議員候補の指名を受けたばかりの男がいた。彼はおしゃべりで愛想がよく、すぐに酒場に居合わせた男たちの輪の中心になった。話されていたことのひとつが新しい宿屋についてであり、それは主人が自分にもっとも関心のある話題に水を向けた結果だった。

「なんと言っても不思議なのは、十年前のシーダヴィルで立派な宿屋を持とうとする先見の明や、自分で始めてみようと思う起業家精神を持った人間が誰ひとりいなかったことだ。わが友スレイドの明敏さと先を見越す能力を褒め称えたい。私ははっきり言うが、この男は今から十年後この郡一の金持ちになっていることだろう」とライマン判事は言った。

「はっはっ、馬鹿なことを」サイモン・スレイドはすぐさま笑い声を立てた。「一番の金持ちですって。ハモンド判事をお忘れですぞ」

「いやいや、たとえハモンド判事でもかなわない。これは、われらの聡明なる友ウィリーに敬意を抱きつつ申し上げるのだが」と言って、ライマン判事は愉快そうにその若者に微笑んだ。

「もしその男が金持ちになるなら、誰かがその分貧しくなる」それまで一言ものを言わなかった男が突然声を上げた。私は仔細に観察しようと男のほうを向いた。ちらっと見ただけで、彼がどこの酒場にもいるような類の男であることが見て取れた。貧乏で、どうにもならない酔いどれ、誘惑に打ち勝つ精神力など消えうせ、誰の尊敬も得られず、また他人を敬うこともない人間だ。男がスレイドに向けた視線には狡猾なきらめきがあり、それが、彼の言った短いが的を得た言葉に妙な迫力を添えていた。主人の顔が曇るのを私は見逃さなかったが、それは彼の心の動揺を示す初めての兆しだった。間の悪いときに言われたその言葉（あるいはよい間合いというべきか）にはある種、悪意ある予言とでもいうべき響きがあったが、会話がそのため一瞬とぎれた。その言葉に答える者も、問いただす者もなく、男は自分の発言が引き起こした結果をひそかに楽しんでいるようにも感じられた。しかし、ほどなく、いったんせき止められた会話が再び流れ出した。

「たとえ、われらが素晴らしき友スレイド氏が」とハーヴェイ・グリーンが言った。「十年後、シーダヴィル随一の金持ちになってはいずとも、少なくとも、自分の村を豊かにしたことで十分満足を感じていることだろうよ」

「まさに、そのとおり」とライマン判事が続けた。「この村が、ほんの数か月前までどれほど退屈なところだったか。活気ある成長など止まっておったし、実際、廃れる一方だった」

「豊かにもなったが同時に墓場にもなったさ」男は再びつぶやいた。ハーヴェイ・グリーンの言葉尻をとらえて男が放った言葉ですでに一座の和気藹々《あいあい》とした雰囲気はこわれていた。「さあ、亭主」と男は大またでカウンターに歩み寄り、打って変わったわれ関せずの口ぶりで言った。「おいしい熱々のウイスキー・ポンチを作ってもらおうか。うまく作れよ。そうすれば、おまえの儲けはさらに六ペンス増えるってわけだ。これは私の最後の金で、見てのとおりポケットには一銭も残っちゃいない」そう言いながら、男はなかば真面目、なかばおどけた調子でポケットを裏返して見せた。「最後の六ペンスを使うのも、朝からそこの現金入れに私が放りこんだ四枚の硬貨が、仲間のこの一枚がいないと寂しかろうと思ってのことさ」

私はサイモン・スレイドを見た。その眼は一瞬私の眼をとらえたが、私の真剣な眼差しに視線をそらした。顔は紅潮し、動きには若干当惑の表情があった。その出来事が楽しい気分を引き起こしたものでないことだけは確かだった。彼の手が、カウンターに置かれた六ペンス硬貨のほうに動くのが見えた。だが、それを押し返そうとしているのか、現金入れに収めようとしているのかは定かでなかった。ウイスキー・ポンチができ上がると、男は受け取って部屋を横切り、自分のテーブルについてその魅惑的な飲み物を味わった。彼がそうしているあいだ、主人はその貧しく不運な男の金を現金入れに収めた。男は、強い酒を飲んだおかげでいっそう饒舌《じょうぜつ》になった。まわりをとびから気ままな会話に耳をそばだて、ときどき口を差しはさんだが、それはいつも、まるで狙いすましたパンチのごとく一座を圧倒した。とうとう、サイモン・スレイドは堪忍袋の緒を切らし、いらいらした様子で言った。

「いいかげんにしろ、ジョー・モーガン。うっぷんばらしをしたいのなら、どうか他所でやってくれ。みなさん方の気分を害することはやめてくれ」

「最後の六ペンスだったからな」とポケットを裏返しながらジョーは答えた。「今宵の私はお役ごめんというところか。それが世の習いってもんだ。わが友、粉まみれ殿はなんとお偉くおなりになったことか。たしかにこの男は一流の粉屋だった。みんなそれは認めている。しかも、今度は有能な宿屋の主人におさまっているってわけだ。私はこの男の心は少し柔にできていると思っていたんだが、心はもう鬼になり始めているようだ。十年後にやつの心が挽き臼みたいに硬くなっていないとしたら、このジョー・モーガンはとんだ見当違いをしていたことになる。おいおい、サイモンさんよ、そんなふうに怖い顔をしなさんな。旧友のよしみじゃないか。あけすけに話してこそ友だちってもんじゃないか」

「もう帰ってくれないか。今日のあんたはどうかしている」と主人はいくぶん下手に出て言った。モーガンと口論しても得策ではないと判断したからだった。「私の心はたぶん硬くなっているんだろうよ」と上機嫌を装いながら彼は言った。「おそらく、そうなってしかるべきなんだろう。あんた自身がそう言ったのを聞いたことがあるが、私の欠点は女のように弱腰だということだった」

「その点は心配ない」とジョー・モーガンは言い返す。「今までいろんな酒場の主人と知りあったが、かつてあんたを苦しめた欠点に悩む者などいないさ」

と言っているまさにその瞬間、酒場のドアがゆっくりとためらいがちに押し開けられた。それから、小さな青白い顔が中を覗き込み、柔らかなブルーの瞳が部屋中を眺め回した。たちまち会話がとぎれ、みんなの興味津々な視線が部屋の中へ入ってきた子供の顔に注がれた。その女の子は十歳をまだ越えない年頃だったが、幼い顔に見られる悲しげな表情と、しっかりした様子を装うなかに痛々しいほど気弱なそぶりが見られ、一座の心を打った。

「お父さん」私はこの言葉がかくも全身を震わせる声で発せられるのを聞いたことがない。そこには悲しみと愛情が混じっており、父を気遣う優しさは子供の小さな心が支えきれないほど深かった。そう言いながら、女の子は勢いよく部屋を横切り、両手でジョー・モーガンの腕をつかむと、今にも泣きそうな目で父親の目を見た。

「ねえ、お父さん、帰りましょう」私には今でも、あのかぼそい懇願するような声が聞こえ、胸がうずく。かわいそうな子よ。年端もゆかぬおまえのはかない身にはすでに暗い影がさしていたのである。

モーガンが立ち上がると、子供は彼の手を引いて部屋から連れ出そうとした。彼は娘のなすがままであるように見えた。いらいらした様子で突っ込んだ手をポケットから出したとき、彼の顔に不安の影がさすのを私は見逃さなかった。最後の六ペンス硬貨はすでにサイモン・スレイドの金庫に入っていたのだった。

父と娘が戸口から消えてすぐハーヴェイ・グリーンが最初に口を開いた。

「ご亭主、俺があんたなら」彼の声は冷たく無情だった。「今度あいつがあの扉から一歩でも足を踏み入れたら酒場から放り出してやる。そもそも、ここはあいつには無縁の場所だ。それに、態度がよくない。あんなやくざなやつのおかげで、まっとうな店の評判がどれほど傷つくか分からんからな」

「あの男には近づかんでもらいたいと思っています」とサイモンが困惑顔で言った。

「俺なら腕ずくでそうするがな」とグリーンが答えた。

「それは言うは易く、行うは難しだな」とライマン判事が言う。「酒場を営んでいる以上、誰が入ってよくて、誰が駄目とは言えんだろう」

「だが、あいつはこの場所には用なしの男だ。役立たずの飲兵衛にすぎない。俺が店の主人なら、あいつに酒を売るのはご免こうむる」

「そうだろうとも」とライマン判事は続けた。「それに、きみの意見はわが友スレイドにとっても参考になるだろうよ」

「あの男は金を持っているかぎり、なんとしてでも酒を手に入れるだろう」と一座のひとりが言った。「それに、多額の出資をしてこの酒場を開いたご亭主が、客の選別をしていては始まらんだろう。ジョーがときにしゃべりすぎることは確かだが、けんかを売っているわけではない。あいつはああいう男なんだし、そういう目で見てやらねばいかん」

「お言葉だが」とハーヴェイ・グリーンはいくぶんむっとなって言った。「俺は、わざわざ不快な態度をとるような人間を受け入れるなんてことはできない性質だ。もし俺がスレイドさんなら、最初に言ったように、今度戸口にやつが足を踏み入れた瞬間、道に放り出してやる」

「俺がいるうちはそうはさせん」と先ほどの客が冷たく言い放った。

グリーンはすぐに立ち上がった。きらりと光った彼の目つきから、私には、彼が激しい敵意を秘めた男であることが分かった。相手のほうに一、二歩進みながら、彼は厳しい声で言った。

「そりゃどういうことだ」

グリーンの怒りが突如向けられた相手は質素な身なりをした労働者のようだった。がっしりとして筋肉質の男だった。

「俺の言ったことは聞こえたはずだ。はっきり言ったからな」男はそう答え、座っている場所から一歩も動かず、不安げな様子もまったく見せなかった。しかし、男の口調とじっと相手を睨む眼差しには冷たく挑戦的なものがあった。

「なにを生意気な。おまえのようなやつは痛い目にあわせてやらねばならんな」

そう言い終わらないうちに、グリーンは床に長々と横たわっていた。相手の男は、虎のごとくグリーンに飛びかかり、大きな拳の一撃で、まるで相手が子供であるかのようにのしてしまっていたのである。グリーンは啞然としたまましばらく横になっていたが、人間というより獣じみた荒々しい叫び声を上げながら立ち上がると、隠し持ったケースから長いナイフを抜いて、自分を打ちのめした相手を刺そうとした。だが、そのもくろみも潰《つい》えることとなった。というのも、相手は力強いうえに冷静で、敵の考えを見て取るや、狙いすました一撃でグリーンの腕をも折らんばかりに殴りかかり、ナイフを彼の手から部屋のかなたへとはじき飛ばしていた。

「おまえの首をへし折ってやろうか」と男は言った。男の名はライアンといったが、興奮のあまり、その顔が赤黒く変わるほどグリーンののどを強く締めつけた。「俺に向かってナイフを持ち出すとは。このろくでもない悪党め」そう言いながら男はいっそう強く首を締めあげた。

ライマン判事と酒場の主人がそこで仲裁に入り、今や完全にいきり立った男の手からグリーンを助けだした。しばらく両者は、引き離された犬のごとくお互いを睨みつけながら今にも身を振りほどいて闘うそぶりを見せた。しかし、やがて、ふたりとも落ち着いた。しばらくして、ライマン判事はグリーンをわきに呼ぶと、ふたりして酒場を後にした。立ち去り際、判事がウィリー・ハモンドに目で合図すると、彼はふたりのあとについて談話室へ行き、そして二階の部屋へと向かうのが見えた。

「このままでは駄目になるな」ライアンがそうつぶやくのが聞こえた。「ハモンド判事はもうちょっと息子の監督をしないと、あとでぜったい後悔することになる」

「グリーンという男は何者かね」酒場にはライアンと私しかいないことに気づいて私は尋ねた。

「あいつはいかさま野郎だ」と彼は躊躇《ちゅうちょ》せず答えた。

「ライマン判事は彼のことを疑っていないのかね」

「俺はそのことに関してはなんにも知らん。でも、今あんたがあの連中のところへ行けば、やつらは手にトランプのカードを持ってるよ。十ドル賭けてもいい」

「一緒について行った若者にとっては、なんと立派な教育なことか」と私は思わず口走った。

「ウイリー・ハモンドのことかい」

「そうだ」

「そうとも。自分の息子をあんな誘惑にさらすなんて、父親はいったい何を考えているのかね。親父さんはこの宿屋にすっかり夢中になっているようだ。というのも、ここができてあの人の土地が少しは値上がりしたからね。だけども、十年としないうちに、得た利益をはるかにこえる損失をこうむることは間違いないだろう」

「それはまたどうして」

「息子が駄目になるのが目に見えているからだよ」

「それはいけない」と私は言った。

「いけないどころか、考えるだに恐ろしいことさ。この国広しといえど、ウイリー・ハモンドほど立派な若者はおらんし、あんなに頭がよくて気立てのいい子はいない。あの子が堕落することほど悲しいことはない。この酒場があるというのは罪深いことだ」

「だけど、きみはついさっき、この酒場の開業が立派な仕事だと言って、あのみじめな酔っ払いの金が主人の金庫へ入れられるのを支持したじゃないか」

「俺たちはみんな、ときには皮肉交じりの物言いをするもんだからね」と男は答えた。「あのときの俺がそうだ。あのジョー・モーガンは、ほんとにあわれなやつだ。やつはサイモン・スレイドの古くからの友人なんだよ。ふたりは少年時代を一緒に過ごし、同じ場所で何年間もともに製粉の修業をした仲さ。いや、実はジョーの親父さんが製粉所を所有していて、ふたりはその親父さんから仕事を学んだんだ。モーガンの親父が死んで、製粉所はジョーのものになった。かなりがたがきていたもんだから、ジョーは徹底した改修をして、あらたな機械を買い入れたんだが、おかげで借金ができてしまった。サイモン・スレイドのほうはというと、ジョーに雇われて工場を動かしていたが、叔母さんが亡くなって二千ドルほど遺産相続があった。そこで、彼は製粉所の株をいくらか買ったんだが、ジョーとしても借金が返せるっていうんで大喜びだよ。そうこうするうちに、ジョーは事業の大半をスレイドに任せるようになってしまった。スレイドは、これは彼のために言っておかなくちゃいけないが、それは一生懸命仕事に精を出したよ。それで、結局のところ、当然の報いというか、十年たってみると、ジョー・モーガンには製粉所に対する権利がなくなっていたってわけだ。財産全部がスレイドの手に渡っていた。誰も不思議がりはしない。だって、スレイドはいつでも製粉所にいて一生懸命働き、客の応対をしていたのに、モーガンときたら、めったに工場にはいなかったんだから。肩に鉄砲をかついで森にいるか、川の土手で鱒釣りをしているか、それとも、酒場でくだをまいているかだ。だけども、みんなジョーのことは好きだった。愛想がいいし、頭もいい、それに優しい男だから。誰かが意地悪なそぶりを見せると、ときにはきついことも言ったが、心根はいいやつで、めったに人に嫌な感じを抱かせることはなかった。

製粉所の権利がなくなる一、二年前、ジョーは村で一番可愛い娘のひとりと結婚したよ。ファニー・エリスっていう名の娘だが、男など選び放題の器量よしさ。みんなは娘の選択に驚いたふりをしていたが、実はそれほど不思議ではない。ジョーはなんといっても魅力ある若者だったし、ファニーのような娘の心を奪うにふさわしい男だったから。たとえ彼が酒のために少々堕落している様子であったにせよ、それがどうしたというんだ。たとえ仕事より快楽に溺れていたとしても、それがなんだ。ファニーには将来を不安に思うことなどできなかった。彼女は、自分の強い愛の力で悪の誘惑から彼を取り戻せると信じていたし、日々の生活の些事を慮ることなど若い彼女には荷が重過ぎた。

案の定、暗い日々があわれな彼女に訪れたってわけさ。しかしながら、この世の暗い定めの中にあって、彼女はジョーにとっては、ひたすら耐えしのんで彼につくす愛情豊かな妻以外の何者でもないというのがもっぱらの評判だ。そして、彼のほうも、落ちぶれたとはいえ、酒という怪物に握られて無力の身になっても、むごい言葉で妻を傷つけたことなど一度もないと俺は信じている。そんなことをすれば、彼女はとうに駄目になっていただろうから。あわれなジョー・モーガン、かわいそうなファニーだ。酒というのはなんたる忌まわしいものか」

男の話にはますます熱が入り、私には予想もつかなかった雄弁さでまくしたてた。

いくぶん自分でも感極まったのか、一瞬の沈黙の後、彼はさらに続けた。

「スレイドが工場を売り払って宿屋の主になったのは、ジョーにとっては不幸なことだった。というのも、いちおう彼にはしっかりした勤め口があったわけだし、賃金もきちんと支払われていたからね。仕事はちゃらんぽらん、しかも、ときどき酒盛り三昧のありさまだった。スレイドはそんな彼の態度を見てみぬふりをして、彼の尻拭いをすべくいっそう身を粉にして働いた。そして、ジョーの米櫃が不如意になると、ファニーには必ず工面してもらえるところがあり、食膳を空にすることなど一度もなかったよ。

ところが、スレイドが製粉所を売ってから、事態が変わったんだ。新しいオーナーは、勤務時間に仕事に精を出そうとしない職人に賃金を払う気などさらさらなかった。そして彼が工場を買い取って二週間とたたないうちに、ジョーは首になってしまった。以来、雑多な半端仕事をしてはわずかの金を稼ぐのがやっとのありさまで、それも、自分を蝕みつつある尋常ならざる渇きを癒す酒を買うためだ。ジョーの不行跡について俺はサイモン・スレイドを責めるつもりはない。だが、ひとつ事実を言わせてもらうなら、もし、あいつが粉屋という世間の役に立つ仕事を続けていたならば、この男の家族を貧困と苦しみと、それに、あのときすでに落ち込んでいた以上に深い悲惨さから救えたんだということだ。俺はありのままの事実を語っただけさ。結論はあんた自身で引き出してくれ。これが、酒場を巡る議論の背景にある事実のひとつさ。それをあんたに話してもべつだん差し障りはないだろう。それ以外にもいろいろなことがある。たとえば、スレイドが『鎌と麦束亭』を開く前は旧友を酒の害悪から救うために全力を尽くしていたのに、今や彼自身、誘惑者になってしまっている。これまで、ジョーの家族がささやかなりとも安心して生きていけるすべを与えていたのは彼だった。ところが、今や、あのあわれな男が稼ぐわずかの食い扶持を巻き上げて銭箱に収め、その金で買うはずのパンをお腹を空かせて待っている彼の妻と子供のことなど顧みようともしないのだ。

ジョー・モーガンは落ちぶれても、馬鹿ではない。洞察力はいまだ鋭く、つまらないことを感情的に言う男ではない。十年もすればスレイドの心がかつての挽き臼のごとく硬くなると言ったとき、あの男は口からでまかせを言っていたのでもなければ、後先も考えずに自分の感情の捌け口として言っていたのでもない。人の心を荒廃させる過程がすでに始まっていることに、彼は残念ながら気づいていたんだ」

宿屋の主人は先ほどから酒場にはいなかった。彼は、ライマン判事、ハーヴェイ・グリーン、ウイリー・ハモンドらが立ち去った後すぐに部屋を出ていた。私は、その夜、彼の姿を見かけることはなかった。酒場は息子のフランクが任されていて、その夜はそれほど忙しくはなかった。モーガンが去ってから酒場が閉じられるまでのあいだ、酒を飲みにやってきた客は六人ほどしかいなかったからである。

ライアンが、かような物語を語ってくれているあいだ、私はちょっとした出来事を目撃したが、そのことが私の心を不安にさせた。主人の息子が作ったうまそうな酒を、客の男はほとんど空にしてカウンターの上に置くと酒場を出ていった。グラスにはテーブルスプーン一、二杯分の酒が残っていたが、フランクがそれを二、三度嗅いだ後、グラスを口許へ運び、甘口の酒をすするのを見てしまったのである。味が気に入ったのだろう、彼は味見をした後、グラスを上げて残りを飲み干した。

「フランク」小さな、だが警告するような声が彼の名を呼んだ。酒場から庭に向かっていくらか開け放たれていたドアのほうを振り返ると、スレイド夫人の顔が目に入った。前に見たあの心安からぬ表情があったが、今度はそれに不安の影がいっそう色濃く出ていた。

息子は母親に呼ばれて出ていった。そして、新しい客が入って来ると、娘のフローラが出てきて接客を始めた。酒を注いでいる彼女の顔が紅潮していることに気づいたが、私にはそれが、彼女が恥じ入っているからのように思えた。相手をしている客に対してまったく愛想がなかったことは確かである。酒場での仕事にほとんど身が入っていなかったことも間違いない。

十時になると、酒場には私ひとりが残り、その夜の出来事を反芻していた。いろいろなことがあったけれど、ジョー・モーガンの子供の出現が私の頭の中心の座を占めていた。あの悲しげな小さな顔がいつまでも脳裏を離れなかったし、その間、あんなにも切なく、子供ながらも優しさにあふれた調子で発せられた「お父さん」という言葉が耳にこだましていた。それに、仲間が無理やり酒場から追い出そうとしても抵抗したであろうあの男が、小さな女の子に誘われてすごすごと出ていったのだ。しばらく、その光景が私の頭に焼きついていた。そして、私の想像力はあの優しい女の子が父を連れ帰った惨めな家へと及んだが、そこでの悲惨な状況を鑑みるに私の心は重く沈むばかりだった。

それにウィリー・ハモンドのことも気にかかった。私が見聞きしたわずかのことで、私には彼に味方したい気持が生じていた。ああ、なんという危険な道を彼は歩んでいることか。どれほどの落とし穴が彼を待ち伏せていることか。そばには奈落が潜んでいて、落ちれば間違いなく破滅する。彼が生まれ落ちた日にはいかに未来が約束され輝かしいものであったことか。無念なるかな、暗雲がすでに立ちこめ、遠くの雷鳴が恐ろしい嵐の到来を告げていた。彼に危険を知らせる人間は誰もいないのか。ああ、今となってはすべてが遅すぎるのかもしれない。というのも、彼が足を踏み入れつつある道に入った者で、友人の助言に耳をすましたり、まじめな警告に留意したりする人間などほとんどいないからだ。彼は今どこにいるのだろうか。この疑問が何度も湧きあがった。夜早くに、ライマン判事、グリーンと酒場を出て行って以来、彼は姿を見せていない。グリーンなる人物、いったいあの男は何者なのか。それに、あのライマン判事は節操のある人なのだろうか。ウイリー・ハモンドのような若者を信頼して託せる人物なのか。

このようなことを考えているあいだに、酒場の扉が開いて、人生の盛りを過ぎたひとりの老人がせわしなく入って来た。顔の血色はいくぶんよかったが、それとは対照的な灰色、というよりほとんど真っ白な髪が、後ろになでつけるようにコートの襟元まで伸びていた。見てくれは立派だったが、彼のよく動く黒い瞳には、利己心と快楽をひたすら求める欲望の輝きが見られた。私はそれを一瞬にして見て取った。酒場を眺めまわす彼の顔には不安げな色があり、酒場がもぬけの殻であることを知って落胆しているように見えた。

「サイモン・スレイドはいるか」

私がいないと答えたとき、中庭に通じる扉からスレイド夫人が姿を見せ、カウンターの奥に立った。

「スレイドの奥さん、今晩は」と彼は言った。

「ハモンド判事、今晩は」

「旦那さんはいるかね」

「はい」とスレイド夫人は答えた。「この建物のどこかにいると思いますが」

「ここへ来るように頼んでもらえないだろうか」

スレイド夫人は出ていった。主人が姿を現すまでの五分ほどのあいだ、ハモンド判事は落ちつかなげに酒場を行ったり来たりしていた。入ってきた主人の顔には、今日の午後、私が感じた率直で開けっぴろげ、男らしく自信に満ちた表情は消え去っていた。その変化ははなはだしかった。小さな声で、息子がここにやってこなかったかと聞くハモンド判事の顔を、彼はじっと見ることもしなかった。

「いらっしゃいました」とスレイドは答えた。

「いつのことだ」

「日が暮れてしばらくしてから来て、一時間ほどおられたでしょうか」

「それからは戻ってはいないのだな」

「酒場を出られてから二時間ほどにもなります」と主人は答えた。

ハモンド判事は当惑している様子だった。スレイドの態度に何かはぐらかすようなそぶりがあるのを彼は見逃さなかった。私にはこの状況は明白であった。というのも、今までそれなりに疑いの念を持って観察したせいで事情がすっかり飲み込めたからだ。

ハモンド判事は背中の後ろで腕を組むと、再び三、四歩大またで歩いた。

「ライマン判事は今晩ここにいたかね」と彼は聞いた。

「ええ」とスレイドは答えた。

「あの男と息子は一緒に出ていったのか」

この質問は主人にとって予期せぬものであったに違いない。スレイドはいくぶん混乱した様子で、すぐには返事もできなかった。

「そ、そうだと思いますが」としばらくためらった後、彼は答えた。

「そうか。たぶん、ライマン判事の家にいるのだろう。行ってみるとしよう」そう言うと、ハモンド判事は酒場をあとにした。

「お客様、もうおやすみになりますか」と主人は私のほうを向くと、作り笑いとしか見えない笑みを浮かべて言った。

「そうしよう」と私は答えた。

彼は蠟燭《ろうそく》に火をつけ、私を部屋へと案内してくれた。一日の疲れから私はすぐに眠りに落ち、太陽があかあかと部屋の窓から差し込むころまで目を覚まさなかった。

私は翌日かなりの時間村に留まっていたが、昨晩、私の関心を誘った連中には誰ひとりとしてお目にかからなかった。午後四時、駅馬車で立ち去った私は、その後シーダヴィルには一年間立ち寄らなかった。

第二夜　一年後の変化

再びシーダヴィルを訪れ、「鎌と麦束亭」の前で駅馬車から下り立った私を、主人は心のこもった握手と温かい歓迎の言葉で迎えてくれた。一見したところ、サイモン・スレイドの表情や身のこなしにはなんの変化も見られなかった。スレイドにとって、この一年間は心地よき夏の日のごとく過ぎ去ったようであった。顔つきは丸くふくよかで血色がよく、目は自己満足の機嫌のよさで輝いていた。彼をめぐるすべてが、「この私も世間もすべて順調そのものだ」といわんばかりであった。

こんな事態はほとんど予想していなかった。前回、「鎌と麦束亭」に短期間滞在したおり見聞きしたことから、何か取り返しのつかないことが起こり、主人の明るい表情に水をさす事態を生じさせるに違いないとばかり思い込んでいたのである。ジョー・モーガンやウイリー・ハモンド、それにフランクを悪の道に落としかねない酒場のことなどを何百回考えたことであろうか。これらの人たちが堕落、退廃するのをなんらの呵責《かしやく》なく見届けていられるとしたら、まことにスレイドの心は、かつて使っていた挽き臼のごとく硬いものであるに違いない。

「危惧の念が現実より先走りすぎたのか」いつもながらきちんと整頓された談話室で、少しのあいだ座って話し相手になってくれていた主人が立ち去った後、安堵感とともに、私はひとりそうつぶやいた。「間違いない。あの男の性格には、根本的に善良なところがあって、それで、歓楽の場につきものの悪に染まらずにいられるのだ。あの男がこの仕事を始めたのはほんの去年。勉強すべきことや、あれこれ考えて改善すべきことは多かったろう。きっと、経験を経たことで、宿屋の経営、とりわけ酒場については、多くの重要な点で改善を加えるにいたったのだろう」

こんな風に考えているうちに、私の視線は半分ほど開いた扉の向こうのサイモン・スレイドの顔にとまった。彼はカウンターの後ろにいたが、——あきらかに部屋には他に人はいなかった——頭を垂れ物思いにふけっている様子だった。最初は、えらく変わってしまった表情が彼のものだとは信じられなかった。二本の深い縦皺《じわ》が額に刻まれ、弓のような眉は消え去り、固く結んだ唇の両端からあごのところまで皺が伸びていた。かすかな苦悩を浮かべながら、それでも抜け目のない表情がその目的を遂げるべく算段している姿がありありと見られた。しばらく座ったままこの顔を観察し続けたが、ときどき、本当にこれがサイモン・スレイドの顔なのかと疑わしく思われるほどであった。そのとき突然、その顔に光がさし、喚声が発せられ、握りしめた拳が力強くもう一方の手のひらに打ち下ろされた。主人はなにやらひとつの結論に達したらしく、すぐさま行動に移したい様子だった。顔に表れた光には温かいものはなかった。というより、少なくとも私の心は、その下にほとんど氷のように冷たいものを感じていたのである。

「ちょうどいらっしゃるんじゃないかと考えていたんですよ」誰かが酒場に入ると同時に主人はそう言い、態度を豹変させた。

「古い言い回しは正しいな」と答える声がしたが、その声にはなじみがあった。

「鬼の噂をすればなんとかってやつですか」とスレイドは言った。

「そうだ」

「今が、まさにそうですよ」だいぶ声をひそめてはいたが、主人がそう言うのが聞こえた。「というのも、あなたは鬼ではないにしても、似たようなもんだと思いますから」

低くのどを鳴らすような笑い声がこのからかいの言葉を受けた。その声にはどこか人間の笑いに似つかぬものがあり、一瞬、私の血管に冷たいものが走った。

それから先は、酒場でなにやらぶつくさ言う声しか聞こえなくなったが、それは、談話室から酒場につながる扉が誰かによって閉められたからである。

あの声は誰だったのか。その調子を思い出し、声の主を思い出そうとしたが、できなかった。だが、疑問が解けるのに長くはかからなかった。というのも、宿屋の玄関口に忘れようもないあのハーヴェイ・グリーンの顔が見えたからである。彼は酒場の扉のところで、私に背を向けて立っていたスレイドとなにやら熱心に話し込んでいた。前回訪れたときに言葉を交わさなかったにもかかわらず、彼は私に気づいた様子だった。表情が明るくなり、なにか話しかけようという気配だった。だが、私は、有難くもない挨拶を受けたくはなかったので、目をそらした。再び彼の顔を見たとき、彼が陰険な視線を送っているのが見て取れたが、私の視線に気づいた彼はすぐに目をそらした。「誘惑者」の文字がはっきりと書き込まれた彼の顔を見て警告の印を読み取れない人間がいるとは信じられない思いだった。

まもなく彼は酒場へ入っていき、主人はベランダにいる私のそばの椅子に座った。

「店の調子はどうだい」と私は聞いた。

「すこぶる順調です」との答えが返ってきた。

「予想どおりかね」

「予想以上です」

「思い切って転職して満足しているわけだね」

「そのとおりです。ただでくださると言っても、もう昔の製粉工場に戻るつもりはありません」

「工場のほうはどうなったんだね」と私は聞いた。「新しいオーナーは頑張っているかい」

「私が予測したとおりです」

「あまり調子がよくないわけだね」

「当然でしょう、あの男は製粉業がなんたるかも知らないので、一ブッシェルの粉すら満足に挽けないんです。譲った客の半分を三か月とたたないうちに失ってしまいました。それから機械の主軸を壊して、新しいのと取り替えるのに三週間以上もかかる始末です。そんなことをしているうちに、残った客の半分ほどが、リンウッド近くのハーウッド製粉所でもっといい粉が手に入ることを知って、それ以来彼のところに来なくなりました。とどのつまりは、破産、大幅な赤字で工場を手放さなくてはならなくなったのです」

「今の所有者は誰なんだい」

「買ったのはハモンド判事です」

「工場を誰かに貸す算段なんだろうね」

「いいえ。別の工場に転用するつもりじゃないかと思います。たぶん、ウイスキーの蒸留工場だと思います。ご承知のように、この辺りは玉蜀黍《とうもろこし》の産地です。蒸留所を造れば、いい商売になることはうけあいです。この数年、玉蜀黍の値は低いままですし、農家の連中もそのことを知っていて、判事の計画に喜んでいます。そうなると彼らにとっても大助かりですからね。私の製粉所も農家にとっては大きな助けだと思ってりましたが、私の事業など、大規模な蒸留酒工場に比べれば、ちっぽけなものでした」

「ハモンド判事というと、この町一番の金持ちだったね」

「ええ、郡一番のお金持ちです。それに、ぬけめなく先を見越すことのできるお人で、財産の増やし方を心得ておられる」

「息子のウィリーの調子はどうだい」

「あいかわらず、とてもいい子です」

私が食い入るように見つめていると主人は視線を落とした。

「彼は今何歳になるのかな」

「ちょうど二十歳です」

「危険な年頃だ」と私は言った。

「そういう人もいますが、私にはそうは思えません」とスレイドは心持ち冷ややかに言った。

「内なる衝動と外部の誘惑、このふたつが危険の要因だ。だが、きみの場合、彼の歳には日々一生懸命働いていたんだったね」

「そうですとも。間違いありません」

「何千、何万という若者が有益な仕事のおかげで、昼は何時間も働き、夜には疲れきっている。そのために、誘惑に負けやすい青年期を無事脱して、誘惑をはねつける大人へと成長するんだよ。十九のときに、したい放題にどこへでも出入りするゆとりがあったなら、きみは今のきみではなかったかもしれない」

「それについてはなんとも言いかねますが」と主人は肩をすぼめながら言った。「でも、ウイリー・ハモンドがとりたてて危険な状態にあるとは思えません。あの子は気立てのとてもいい若者です。愛想もいいし、気前もいい。むしろよすぎて困るくらいですが、常識もわきまえているうえに、頭も働きますから、あぶない道には踏みこまないものと思います」

私の見るところ、サイモン・スレイドにはこの会話が楽しいものではなかったようだが、そのとき宿屋の前をひとりの男が通りかかったのをきっかけに会話は中断された。サイモンが出て行くと同時に、私は立ち上がって、酒場へと足を運んだ。息子のフランクがカウンターの後ろにいた。一年のあいだにずいぶん大きくなっていて、華奢《きゃしゃ》でうぶな男の子から、がっしりとして図太い若者に変わっている。顔は丸みを帯び、粗野で享楽的な印象が、とりわけ口許に見られた。グリーンという名の男がカウンター越しに彼に話しかけており、グリーンが何か下品で卑猥《ひわい》な話をすると、フランクが大声で笑って応えていることに気づいた。そうこうするうちに、フランクの美しい姉フローラがカウンターのところに何かを取りにやってきた。グリーンがなれなれしく何か言うと、彼女は人目にもそれと分かる上気した顔で彼に答えた。

私は、てっきり怒りの表情が表れるものと思い、フランクの顔をすばやく見た。ところが、なんと彼は笑みを浮かべているではないか。「ああ」と私は思った。「この破滅的な環境にあっては、子供の純な心もすぐに潰《つい》えてしまったのか。あの目つきが邪悪なものであることを知っているはずなのに、それが姉の顔に注がれるのを見ても我慢できるというのか。つい先ほどまで不潔な言葉で汚されていた唇から、まるで親しい友人にするような口調で、姉に話しかけるのを許しておけるのか」

「いい娘だ、フランク、きみの姉さんは器量よしだ」フローラが姿を消してからグリーンは彼女を褒め称えたが、その口調はまるで、よく走る競走馬かお気に入りの猟犬を褒めているような言い方だった。

フランクは嬉しそうに微笑んだ。

「フランク、あの娘にはいい旦那を見つけてやらないといけないな。ひょっとして、この俺じゃ駄目だろうか」

「姉に聞いてみてください」とフランクは笑って答えた。

「いや、俺にもチャンスがあるなら、そうしたいところだが」

「試してみたらどうですか。臆病者が美女を勝ち得たためしはないわけですし」とフランクは返事をしたが、子供というより、もはや大人の風格が漂っていた。なんと彼も成長したものか。

「これはしてやられた」とグリーンは両手を叩きながら言った。「たいしたものだ。お父さんにきみのことはぜひ言っておかねば。早熟すぎて大変だとね。少しは抑えろよ」

そう言ってグリーンは彼にウインクしながら、指を振った。フランクは楽しそうに笑いながら、「そうします」と言った。

「そうとも」会話に満足した口ぶりでそう言うと、グリーンは酒場をあとにした。

「何か飲まれますか」とフランクは私に、屈託なく尋ねた。

私は頭を横に振った。

「新聞をご覧になりますか」と彼は付け加えた。

私は新聞を受け取り座ったが、それは、新聞を読むためではなく、その場の観察を続けるためだった。まもなく、二、三人の男が入ってきて、親しげにフランクに話しかけ、フランクは注文された酒を作るのに忙しい様子だった。彼らの会話は卑猥《ひわい》な言葉を交えながら、馬や競馬、狩猟といった話題についてのものだったが、それらに酒場の若き主は熱心に耳を傾け、ときどき言葉を差しはさんでいたが、年齢にふさわしからぬ利発さが垣間見られた。そうしているうち、スレイドが姿を見せた。父親が現れたことでフランクの態度に目立った変化が見られ、それまで相手をしていた男たちから離れてカウンターの一、二歩後ろに立ち、父親がいるあいだ一言も発しなかった。スレイドがフランクの危険なほどの早熟ぶりに気づいているのみならず、息子の行き過ぎをたしなめようとしているのは明らかだった。

これまでのところ、「鎌と麦束亭」ではすべてが順調、新規事業に打って出て実に満足しているとサイモン・スレイドが言うにもかかわらず、私の見聞した結果は好ましいものではなかった。たとえ、酒場経営で年五万ドルの収入を得ていようとも、息子の純真さを失っているとしたら、それは何事にも代えがたいことであるはずだ。「まったく満足しております」だって。そんなことはありえまい。完全に満足しきっているはずがない。どうしてそんなことがありえようか。酒場に入ってきて、三、四人の下品な酔客と調子よくやっているのを見たとき、彼の顔に浮かんだ表情がそのことを物語っていた。

夕食後、私は酒場に座り、シーダヴィルの浮わついた連中たちがやってくるこの酒場で、人生がいかに展開しているかを観察した。一年前に遭遇した人々に対する関心は強く、一晩家族ぐるみで歓待すると言ってくれた紳士の誘いを断って、こうして酒場で過ごすほうを選んだのである。

すぐに分かったことだが、酒場の客は一年のあいだにずいぶん増えていた。営業時間のほとんど、主人と息子がふたりがかりで酒の注文に応じなければならないほどの繁盛ぶりだった。私の心をもっとも痛めたのは、多くの若者がやってきて気軽に酒を飲む姿を見なければならないことだった。顔に放蕩の兆しが表れていない者や、言葉遣いが下品かつ卑猥《ひわい》でない者を探すほうが難しいくらいである。彼らの会話は多岐に渡ったが、政治がもっとも好まれた話題だった。しかし、その政治の話題にしても、ためになりそうなものは何ひとつなく、たんなる個人攻撃と独断的な政治談義ばかり。連中はみな滔々《とうとう》と自分の意見をぶつのだが、いくら聞いていても、持論を筋道立てて説明するとか、事実を指摘する者などいない。もっとも押し出しがよく、口汚くまくしたてた者が、その日の議論を制するありさまだった。

その晩早く、客たちがすでに上機嫌になっていたころ、ひとりの老人が酒場に入ってきた。私はすぐに彼の顔に大きな不安の影がさしているのを読み取った。その顔は、柔和ではあるものの個性的な顔で、一目見ただけで忘れられない類の顔つきだった。広い額、くぼんだ眼窩に大きな目、唇は厚く引き締まっていた。しっかりとした、だが、円満な人格を反映した顔である。彼が入ってきたとき、一座の者は誰が来たのか理解したもようだった。それから、二、三人の視線が、私からほど近いところで、入り口に背を向けてドミノに興じている若者に注がれた。その若者はビールのグラスをわきに置いていた。老人はしばらく室内を見回していたが、やがて、今言った若者のうえに視線が落ちた。まだ気づいていない若者のほうへ老人が歩を進めるあいだ、私は老人の顔を見ていた。その表情は、憤っているというより、深い悲しみに染められているようだった。

「エドワード」と老人は、若者の肩に優しく手を置きながら言った。若者は、その声に驚き、顔は真っ赤になった。しばらく、どうしていいか分からない様子だった。「エドワード」この声の優しさに柔らぐことがないのは、よほど冷たく硬い心だけだろう。その呼びかけには抗しがたい力があり、従うのが避けられないことに思えた。

悪の力は、いまだ、その若者を隷属させるほど強く心を捉えてはいなかったのだ。しぶしぶ立ち上がり、隠し切れない恥ずかしさを見せながら、若者はすごすごと酒場をあとにした。それに気づいた者は数人しかいなかった。

「言いたかないけど」と、若者がドミノをしていた相手――彼も二十歳に満たない若者だった――が、言った。「もし、俺の親父がこんなふうに馬鹿な真似をして、俺を追いかけて酒場にやって来ようものなら、骨折り損になるだろうよ。でも、一度、親父にそうしてもらいたい気もする。そうなったら見ものだろうからな。俺はあんなふうにおとなしく親父のあとについて行くもんか。馬鹿らしい」

「今入って来たあの老紳士は誰かね」と私は、たった今起こったばかりの出来事について述べた若者に聞いてみた。

「ハーグローヴさんです」

「で、あの若者は息子さんだね」

「そうです。でも、あいつにはもっと堂々としていてもらいたかった」

「いくつなんだい」

「二十歳ぐらいだと思います」

「それじゃ、一人前じゃない年齢だ」

「でも、もう自分のことは自分で決められる歳ですよ」

「法の定めは違うだろう」と私は言った。

答えるかわりに、若者は法律などくそ食らえと言わんばかりに指を鳴らした。

「でもきみだって」と私は続けた。「エドワード・ハーグローヴが、行きたいところへ行き、したいことをしているのが分別ある行動だとは思わんだろう」

「いいえ、そうは思いません。俺たちがつきあいでしていたゲームのどこが悪いのか知りたいものです。賭けてはいないので、賭博じゃないんですから」

私はハーグローヴの息子が残していった半分空のビールのグラスを指差した。

「おう、おう」となかばあざ笑うかのような声がした。声の主は、今話しかけていた若者の倍ほどの歳の男で、そばに座ってわれわれの会話を聞いていたようだった。私は男のほうをちらっと見て、それから続けた。

「それこそが、間違いなく最大の危険なのだ。一杯のビールとドミノゲームならいいだろう。だが、それで止まるわけがない。あの子の父親はそのことを分かっている」

「そうかも知れません」という答えが返ってきた。「あの人の若いときのことを覚えていますが、なかなか血気盛んなお方でした。ビール一杯や、ドミノの勝負一回ですむような人ではなかった。ひどく酔っ払った姿を何度も見かけましたし、競馬場や闘鶏場で、勝負師と派手に渡り合っているさまも目にしました。俺はそのときはまだガキでしたが、ずいぶんませていて、子供の目にもハーグローヴさんが聖人君子じゃないというのは分かりました」

「だからこそ、息子のことが気がかりなんだろう」と私は答えた。「息子が陥ろうとしている人生の落とし穴がよく分かっているんだ」

「だからって、あの人がおかしくなったわけじゃない。あの人は若気のいたりを経験し、そして結婚して、まっとうで立派な市民になった。ちょっと宗教心が勝ちすぎているし、偽善的なところがあるとは常々思っています。でも、大体において立派な人だ。自分だって若者にありがちな放蕩三昧を経験したのだし、息子にも楽しい思いをさせてやればいいじゃないですか。あの人は間違ってます、絶対に。息子のネッドにだってそう言ってやりましたよ。ネッドのやつ、もっと毅然として、親父さんに家に帰って自分のことだけ考えていろとでも言ってやればよかったんだ」

「俺もそう思う」とその場の悪ガキ連のひとりが言った。「もし俺の親父が俺を追いかけてきたら、まさに、そう言ってやるよ」

「きみの親父さんは、まさかそんなことはしないだろう」ともう一方の男が言ったが、そう言われたほうがどう反応するか興味が湧いた。

「そうだとも。去年、一、二度、俺を言うなりにさせようとしたんだが、できないことが分かったってわけだ。そうとも、トム・ピーターズは親父の監督下からはとうにおさらばしている」

「それに、誰と飲みっこしても、酔っ払うことはないしね」

「そのとおり」とピーターズは言いながら、彼の肩を持つ男の膝を軽く打った。「軟弱な連中とはわけが違うんだ」

「おい、モーガン」と半分怒りを含んだサイモン・スレイドの声が酒場に響き渡った。「さっさと帰ってくれ」

そう言われた男がいつ入って来たのか私は気づかなかった。彼は空になったグラスを手に持ちカウンターの前に立っていた。一年たっても、彼の身なりはよくなっていなかった。それどころか、服は破れてぼろぼろ、顔つきにはいっそう悲しみがあふれていた。主人の機嫌を損なうどのようなことを言ったのか私は知らなかった。だが、スレイドの顔には荒々しい憤りの表情が浮かび、その視線は、あわれな酔っ払いのうえに威嚇するように注がれていた。それでも、男には従う様子は微塵も見られなかった。

「帰ってくれと言っているんだ。そして、二度と姿を見せてくれるな。私の店のまわりをあんたのようなやくざ者にうろついてもらいたくない。きちんとしていられないんだったら、あんたにはここに来てほしくない」

「酒売りがきちんとしろだと」とモーガンは応酬した。「ふん、なるほど、おまえはきちんとした男だったな。しかも、立派な粉屋だった。だが、それは過去のことだ。石ノミとへらをグラスとマドラーに代えた瞬間、まっとうさは消えちまったのさ。きちんとだと。ふん、よく言うよ。まるで、酒を飲むほうより、売るほうがまっとうだといわんばかりじゃないか」

　半ば酔っ払っているとはいえ、男の言葉遣いのみならず、声の調子にも心を突き刺す侮蔑の響きがあったため、自身もいつも以上に飲んでいたスレイドは抑えきれない怒りを覚えた。カウンターにあった空のグラスをつかむと、思いきり力をこめて、それをジョー・モーガンの頭めがけて投げつけた。グラスはジョーのこめかみをかすめ、さらに危険なコースをたどった。子供の切り裂くような悲鳴が聞こえ、居合わせた多くの者がはっと恐怖にかられた声を上げた。

「ジョー・モーガンの娘に当たった」「あの子を殺してしまったぞ」「恐ろしいことだ」といった声が部屋中に響いた。少女がドアから身を滑らせて入った瞬間、グラスが額を直撃し倒れたところへ私は駆け寄った。深い傷ができ、そのため彼女は気絶したようだった。傷口から流れ出した鮮血で覆われた彼女の顔は見るも恐ろしい光景だった。倒れた女の子を床から抱き起こしたとき、娘の悲鳴で正気に戻ったのか、モーガンは私のそばに立ち、両腕で意識のない娘の体を抱きしめながら、聞くのもつらいうめき声とも嘆き声ともつかぬ言葉をもらした。

「どうしたの、いったい、何があったというの」女性の怯えた声が聞こえた。

「何もない。アン、来るんじゃない」そう言う主人の声が聞こえた。

しかし、モーガンの娘の恐怖と苦痛に満ちた声を聞いて酒場に駆けつけたその声の主、スレイド夫人は、夫の言葉を無視して、血を流している少女を取り囲んだ人々のほうへ急いでやってきた。

血にまみれた少女の姿を見るやいなや、彼女は、「フランク、グリーン先生を呼んできなさい」と大声で命令した。

フランクはその言葉に従ってカウンターの後ろから出てこようとしたが、父親がそれを拒んだので彼の足は止まった。母親は語気を強めて命令を繰り返した。

「おい、さっさと呼びにいったらどうだ」とハーヴェイ・グリーンが叫んだ。「医者が来る前にこの子が死んでしまうかもしれんぞ」

フランクはもはや躊躇《ちゅうちょ》せず、たちまちのうちにドアの外に消えた。

「かわいそうな子」スレイド夫人は私の腕からぐったりとしたままの女の子の体を抱き上げながら、ほとんどすすり泣かんばかりだった。「いったい何が起こったというの。この子を打ったのは誰なの」

「誰だって。あいつに決まってるじゃないか。サイモン・スレイドだ」とジョー・モーガンが歯をくいしばりながら答えた。

苦悩と非難の混じった視線が妻から酒場の主人のうえに投げかけられたが、その晩そこにいて目撃した者には忘れようのない光景だった。

「あなただったの、あなたなのね。やはりこうなってしまったのね」その短い言葉の中になんと苦々しい記憶と不吉な予兆が示されていたことか。「やはりこうなった」とは、ああ、転落の階段はいかにすばやく踏まれ、なんと急速に下降するものか。

「洗面器に水を汲んで、それとタオルを持ってきてちょうだい。急いで」と彼女は叫んだ。

水が運び込まれ、しばらくして夫人は雪のように白い娘の顔を胸に抱いていた。おびただしい血が流れ出た傷口は額上部にあり、後方に数インチ伸びていた。血の塊が拭いさられ、出血もいちおう止まると、スレイド夫人はまだ意識不明の娘を隣室へと運び、苦痛に満ち、今や完全に素面《しらふ》になった父親が付き従った。私も彼らに付いて行ったが、スレイドはあとに残った。

すぐに医者がやってきて娘を蘇生する措置がとられた。たまたま家にいた医者がすぐに来てくれたのだ。彼が傷口を縫い上げる最後の作業を終え、絆創膏を貼ろうとしていたとき、誰かがあわただしく部屋に入ってきたので、私は思わず顔を上げた。すると、私の目には、とてつもなく恐ろしい姿が目に入った。そこにはひとりの女性が立っており、その顔には母親特有の不安と恐怖の混じった表情がのぞいていた。顔色は灰のように白く、眼には緊張感がみなぎっていて、大きく開けられた唇からあえぐような息の音が聞こえんばかりであった。

「あなた、あなた。いったい何があったの。メアリーはどこ。あの子は死んだの」という必死に答えを求める問いかけがなされた。

「ファニー、大丈夫だ」とジョー・モーガンは答えると、息を吹き返しつつある娘のそばから立ち上がって、すばやく妻のところに歩み寄った。「だいぶよくなった。かなりの傷だけれど、医者が言うには危険はないそうだ。本当に、かわいそうなことをした」

母親の青白い顔がいっそう真っ青になった――彼女はあえぐように二、三度息を吸い込んだが、かすかに全身に震えが走った――そして、血の気がひき、息絶え絶えに夫の腕の中に倒れこんだ。医者が気付け薬を与えているあいだ、モーガン夫人の様子をつぶさに観察することができた。彼女の体つきはほっそりしており、顔つきも弱々しくて影が薄いといえるほどである。いくぶん金色が混じった豊かな茶色の髪は櫛からこぼれ、首回りから胸元まで一面を覆っていた。モーガンの手が乱れた髪をこめかみのところから後ろにかき分けていたが、妻の額やこめかみを愛撫する手の動きは私には無意識のように思えた。落ちぶれたとはいえ、若き日に娶《めと》り、後の罪つくりな日々に長く苦労をかけた妻に対して彼がどのように思っているかがはっきり示された思いだった。彼女の服は質素で粗末なものだったが、清潔でぴったり体にあっていた。それに、体全体からきちんとした趣味のよさが感じられた。もう美しいとは言えないかもしれないが、彼女の痛みにゆがんだ顔には――苦悩と悲しみで痛められたのだが――美しい目鼻立ちが感じられた。それは純真で誠実な女性の心が胸の奥で脈動していることを物語っていた。ゆっくりと彼女に生気が戻ってきた。そして、半時間ほどしてやっともとの元気を取り戻した。

それから、父親が娘を優しく抱きかかえ、ふたりは家路へと向かったが、彼らの姿を見て心が重く感じた者は私ひとりではなかっただろう。

この件があったおかげで、それまでになく酒場主人の奥方を観察することができた。

彼女は慈愛にあふれた態度で迅速にことを処理し、それは大変好感がもてた。夫の手が、あやうく子供の命を奪いかねない一撃を与えたと知ったときの彼女の驚きから察するに、酒場経営に彼女がさほど信頼を置いていないことは明らかだった。いや、そのぐらいのことはすでに察してはいたのだ。何度か見かけた彼女の顔は苦悩に満ちていた。それに、彼女が酒場の飲みさしの酒をフランクが飲んでいるのを見つけたときの表情や不安げな警告の声を忘れることができなかった。

酒場を開くという夫の提案に諸手を挙げて賛成する妻は珍しいと私は思う。夫が是が非でもそうするのだと固く心に決めたことによって、夫婦の信頼関係と情愛がこわれ二度と修復されえないということは結構あることだ。男は金銭面に目が行き、女はモラル上の影響を考える。夫婦のあいだで、真の愛情についてはもちろん、よき理解が成り立っているという酒場経営者が、はたして十人にひとりもいるだろうか。しかも、例外的な場合においては、妻が夫同様、金銭ずくで、社会の益を考慮することなどどんと構わないというのが通例なのだ。私は数人の女性が居酒屋を始めた例をいくつか知っている。しかし、そういう女性は節操がなく、心根にいたってはなおさら悪かった。教会通いを欠かさない真面目な夫と酒場を開いたある女性の例などまさにそうだ。夫は反対し、諫めたり、懇願したり、脅したり、いろいろしてみても、なんの効果もなかった。妻は、衣料店に勤めて三百ドル近くの金を貯めこんでいた。彼女は、金を貯める過程で金銭に対する執着が芽生え、家族を犠牲にしてでも酒が飲みたい男たちの堕落した舌の要求に応えることに、欲しくて仕方がない金を獲得する手っ取り早い方法を見出したのだ。かくして居酒屋がオープンした。はたして結果はどうか。夫は教会に行かなくなった。そんな気分ではなかったのだ。というのも、安息日ですら、彼の家では酒が商いされない日はなかったからだ。それから、彼は飲み始めた。またたくまに、酒の毒が彼の体を侵し、不健康な欲望が芽生えた。滅亡へと向かうのに時間はかからなかった。たしか、妻が酒場を開いて三年もしないうちに、夫は酔っ払ったあげくの死を迎えたのである。それから一、二年後、他人のために自ら掘った落とし穴へ妻自身が落ち込んでしまった。酒の毒気に汚された空気を吸っていると、酒を味わう気持が徐々に形成され、ついに悪魔の酒の奴隷と化してしまうのだ。彼女が亡くなったときは、街路のもの乞い同然の状態だった。ああ、まさに、酒を商うという生業《なりわい》は滅びにいたる道なのだ。その扉を開く者は、扉をくぐって下り坂を転げ落ちる者と同じく、破滅へと向かうのである。とはいえ、少々脱線が過ぎたようだ。

ジョー・モーガンと妻は優しい娘を抱えて「鎌と麦束亭」を立ち去った。後になって知ったことだが、その女の子は一年以上も、父親が帰るまで寝ようとしなかったそうだし、ある時間をすぎても父親が帰らないと、父親を探し出して手を引いて帰るという、まるで愛と忍耐の天使のような存在だったという。彼らが去った後、私は酒場の様子を見に戻った。最後に見かけた連中はひとり残らず帰っていた。出来事があまりに痛ましかったために、その晩はそこでこれ以上奔放に楽しみを求めるのがはばかられ、みな、引き上げてしまったのだ。主人だけが自分の根城に残っていたが、彼も頬杖をつき、照明から顔を隠すようにしていた。その様子はまさに自己を卑下する男の姿だった。酒場に入っていくと、彼は頭をあげ、顔をこちらに向けた。表情は痛々しかった。

「本当に不幸な出来事でした」と彼は言った。「私は自分に腹を立てていますし、あのかわいそうな子にもすまなく思っています。だが、あの子はここに来てはいけなかったんだ。ジョー・モーガンについては、よほどの聖人でもないかぎり、ひとたび酒が入った彼の口舌を耐えしのぶことのできる者などおりますまい。あの男にはともかくこの店に近づかんでもらいたいのです。あの男にいてほしいなどと思う者は誰もおりません。本当に」

どれだけ自己正当化をしようとしても、スレイド自身、それに満足していないことが、最後のため息ともうめき声ともつかぬ声に示されていた。

「酒に対する渇望が彼をここへ呼び寄せるのだよ」と私は言った。「きみの店の吸引力は言ってみれば、針を引き寄せる磁石のようなものだ。彼はここに来ずにはおられないのだ」

「いや、あの男はここへ来てはならない」座っているテーブルに拳をぶつけ、力強い調子で主人は叫んだ。「来てはいかんのです。一晩なりと、あの男のおかげで私の気持がかき乱されなかった晩はないし、一座のせっかくの雰囲気が壊されなかった晩はないのです。今宵、あの男が挑発したために私が何をしたか考えてみてください。もうちょっとであの女の子を殺すところだったんだ。考えるだけで身の毛がよだちます。そうですとも、あの男をここへ来させてはならない。せめても、誰かを雇って門番をさせ、あの男を締め出します」

「製粉所では彼は問題を起こさなかったのだろう」と私は聞いた。「門番の必要などなかったのだろう」

「もちろん」その言葉を吐いた主人の、ほとんど悪態をつくような異常な力の入れ方に私は驚かされた。そんな言い方をするのを今まで聞いたことがなかったからだ。

「もちろんですとも。あの役立たずの怠け者を捕まえて工場に縛りつけておくのに、手こずっていたくらいですから」

「でも」と私はあえて言った。「酒場では製粉所ほど事態はうまく運んでいないのだね。客筋も違うようだし」

「それはどうでしょうか」彼は私の発言を気に入っていない様子だった。

「もの静かで、つつましく堅実な農夫たちと酒場にたむろする連中ではかなり差があるんじゃないか」

「はばかりながら」とサイモン・スレイドは語気を荒らげた。「私の酒場へ来てくださるのは、概して、製粉所のお客さんのどなたと比べても、きちっとして道義をわきまえた堅実な方々です。いや、むしろそれ以上と言ってもいい。当地の一級の方々がここに来られるのです。ライマン判事にハモンド判事、ウィルクス弁護士に医者のメイナード先生、グランドさんやリーさん、その他もろもろの立派な方々、みなさん当地を代表する方々です。そうですとも、ジョー・モーガンのようなやくざな人間でもってすべてを判断されては困ります」

むっとしたところが露わだったので、私はそれ以上刺激しようとは思わなかった。なんなら彼の主張に対し、事実や性格分析でもって論駁し、彼のように落ち着いて対処する人間の鼻を明かすこともできたであろう。だが、彼と議論してみても詮ないことである。そこで私は彼にしゃべらせ続け、やがて、私の言葉に刺激された興奮も新たな火種がないものだから自然と消えてしまった。

第三夜　ジョー・モーガンの娘

「今宵はおまえさんの親友ジョー・モーガンの姿を見かけないな」カウンターにもたれかかりながら、スレイドに向かってハーヴェイ・グリーンが言った。あの痛ましい大騒動を引き起こした娘の事故があった翌晩のことである。

「ええ」という答えとともに、不謹慎な言葉が続いた。「そうですとも。あいつがここにさえ来なければどこへ行こうとも、そうだ、荒馬に山荒《やまあらし》の鞍をつけてお望みどおりの駆け足で地獄へでも行けばいい。もう私の忍耐は限界を超えています。これ以上この酒場で酒を飲ませるつもりはありません。あの男ののしりも、お客さん方への迷惑もずいぶん我慢してきましたが、昨晩のことで決心がつきました。もし、私があの子を殺していたらいったいどうなっていたことやら」

「やっかいなことになっていたのは間違いないな」

「そうでしょう。まったくあの子にはまいった。いったいなんのため、毎晩ここにやって来ないといけなかったのでしょうか」

「母親がきっと立派なんだろう」とグリーンが冷笑気味に言った。

「今頃、あの人はどうしているんでしょうか」スレイドの声にはわずかながら同情する響きが感じられた。「きっと悲嘆に暮れていることでしょう。昨晩は顔をまともに見られませんでした。あの顔を見たこちらの気分が悪くなったくらいです。でも、昔は、ファニー・モーガンがシーダヴィル一の器量よしだったこともあるんですよ。あのどうしようもない亭主のおかげで、どれほどみじめな人生を送らねばならなかったことか」

「いっそあの男が死んでいなくなってくれたほうがよいというわけだ」

「よいもいいところです」とスレイドは答えた。「あいつが夜に転んで首の骨でも折ってくれたら、それこそ、家族にとっては有難いことでしょうとも」

「とくにきみにとって都合がいいんじゃないのか」グリーンが笑って言った。

「彼の死を嘆くのに別にお金はかかりませんからね」という冷たい答えが返った。

ここで、「鎌と麦束亭」の冷酷な連中のもとを離れ、あわれな酔っ払いジョー・モーガンの家の状況がどうなったか見てみよう。場面は一変する。

「ジョー」モーガン夫人の細い白い手が夫の腕を抱え込んだが、モーガンは突然立ち上がり、半開きのドアのところに立った。「あなた、今晩は行かないで。お願い、今日は家にいて」

「お父さん」部屋の隅に置かれた長椅子から弱々しい声が聞こえた。頭に包帯を巻いたメアリーの声だった。

「わかった、行かないよ」という返事があったが、怒っても苛立ってもおらず、むしろ優しい声の響きだった。

「ここに来て私のそばに座って」そのかすかな、しかし可愛い声にはなんと優しい気遣いがこめられていたことか。「こっちに来て」

「よし分かった」

「お父さん、私の手を握って」

ジョーが小さなメアリーの手を取ると、その手が彼の手をぎゅっと握りしめた。

「お父さん、今日は、私をおいて出かけないでいてくれるわね。そうだと言って」

「なんて熱い手をしているのだ。頭は痛まないか」

「ちょっと痛いけど、すぐによくなるわ」

打ちのめされた父親の腫れぼったいゆがんだ顔を、娘の真剣なブルーの瞳が覗き込んだ。その目には、苦悩する表情の消えたいとしい父の姿だけが映っている。

「お父さん」

「どうしたんだ」

「ひとつ約束してほしいの」

「なんだね」

「約束してくれるわね」

「中身を聞くまでなんとも言えないな。できることなら約束するよ」

「できるわよ。お父さん、できるって」

大きなブルーの瞳が揺れて輝いた。

「なんだね、言ってごらん」

「もうサイモン・スレイドさんの酒場には近づかないってこと」

娘は見るからに苦しそうに身を起こし、父親に身を寄せた。

ジョーは首を縦に振った。すると、けなげなメアリーは安堵のため息とともに、枕に頭をうずめた。まぶたがふさがり、生気のない頰とは対照的に、長いまつげがほっとしたような表情を見せていた。

「メアリー、今日は出かけないよ。だから安心しておやすみ」

メアリーのまぶたが開き、そこから丸い涙の粒がふたつゆっくりと頰をつたって落ちた。

「有難う、お父さん。有難う。お母さんも喜ぶわ」

目が再び閉じられた。父親は落ち着かなげに体を動かした。おおいに感じ入るものがあり、心の中ではひとつの葛藤があった。「鎌と麦束亭」ではもう決して飲まないという言葉が出かかっていたのだ。だが、口をついて出るほどには彼の決意は力を欠いていた。

「お父さん」

「なんだね」

「あと二、三日で私よくなるとは思えないわ。熱がひどかったし、じっとしていなくちゃいけないとお医者様がおっしゃったことを覚えているでしょう」

「うん、そうだったね」

「だから、ひとつ約束してほしいの」

「なんだい、今度は」

「私がよくなるまで、夜は出かけないでほしいの」

ジョー・モーガンは躊躇《ちゅうちょ》した。

「それだけは約束して、お父さん。そんなに長くはかからないわ。すぐに元気になるから」

娘の心に宿る思いがなんであるかよく分かっている。すべては父親の自分を案じてのことだ。心が酩酊の闇に閉ざされ、感覚が鈍り、ゆく手に潜む危険を回避するだけの力も残っていない状態のときに、ほかの誰がこのみじめな男のあとを追いかけて彼を家に導いてくれるというのか。

「お願い。約束してちょうだい。お父さん、お願い」

彼は娘の懇願するような声と顔の表情に抵抗できなかった。

「分かった、メアリー、約束するよ。だから、目を閉じて眠りなさい。熱が上がるといけないから」

「わあ、嬉しい。ほんとに嬉しい」

メアリーは手を叩きもしなければ、強い喜びのしぐさもない。だが、その口をついて出たかすかな言葉は魂の奥底から発せられたものであり、父を思う純粋な喜びにあふれていた。

モーガン夫人はこの情景に無関心でいたわけではないが、娘の父親への感化力を知っていたので、あえて口を差しはさまなかった。ここは自分が黙っているほうがよい結果を生むと信じ、口をつぐんでいたのである。今、彼女はふたりのそばに来て、片手を夫の肩に置いて言う。

「約束をして気が晴れたでしょう。私には分かります」

彼は妻を見上げて微笑んだ。確かに気が晴れていたのだが、それを自分で認める気にはなれなかった。

それからすぐメアリーは眠りに落ちた。やがて夫が落ち着かない様子を示し始めたことをモーガン夫人はめざとく見抜いた。というのも、彼はときどき突然立ち上がっては、何か探し物をしているように部屋をうろうろ歩き回るのである。それから力なく座り込み、ため息を漏らし、背伸びして次のように言う。「困ったな」いったい夫のために何ができるだろうか。毎晩の楽しみが無くなった人にどうしてやれようか。彼女は考え、自らに問いかけ、そして内心深く悲しんだ。かわいそうなジョー・モーガン。妻は夫の置かれた状況を理解していて、心から彼のことを哀れんだ。しかし、自分に何ができるというのか。出かけていって夫のために酒を調達すべきか。「とんでもない。断じて駄目」興奮した彼女は自らの思いにほとんど声を上げんばかりに反応した。それから一時間が経過した。ジョーの落ち着きのなさは収まるどころかますます高じるばかり。どうしたらいいのだろうか。そこで、モーガン夫人は部屋を抜け出た。このままにしておけないとの思いで何かを決意したようだった。五分ほどして彼女は戻ってきたが、手には濃いコーヒーの入ったカップが握られていた。

「ファニー、おまえは優しいね」そう言って、顔に喜びの表情を浮かべながらモーガンはカップを取った。しかし、手は震え、口許へ持っていこうとすると、コーヒーがこぼれてしまう。恐ろしいことに彼の神経はずたずたになっているのだ。体によくない刺激物の摂取をあまりに長く続けたために、真の活力がすべて失われているように思えた。

妻の手がカップを支えてその口許に運ぶと、彼は一心にそれを飲んだ。

「本当に恐ろしい。いったいいつになったら治るのでしょうか。何をしたらいいの」

ファニーは嗚咽を押し殺し、苦悩する心のうちを表した。すでに二度も夫は酔っ払い特有の病の発作に襲われていたのであった。そして、飲み続けてきたいつもの強い刺激物をほんのつかの間控えただけで訪れる神経の衰弱の中に、彼女は、またあの恐ろしくも危険な発作の前兆を見て取ったのである。夫の気持を静めるために濃いコーヒーを飲ませると、当面、思ったとおりの効果があった。夫の落ち着きの無い所作が消え、心と体に静けさが戻った。あとはさりげなく床につかせればいい。ベッドに入って数分後、眠りが訪れ、彼がすでに夢の世界にいることが深い寝息で分かった。

そのとき、玄関のドアをノックする音が聞こえた。

「お入りください」

掛け金が上げられドアが開いて、ひとりの女性が入ってくる。

「スレイドの奥さん」ファニーの驚きの声が聞こえた。

「ファニー、様子はどう」優しい、しかし、悲しみを帯びた言葉が発せられた。

「有難うございます。なんとか耐えています」

ふたりの女性は手をしっかりと握り、しばらくお互いの顔を見つめあった。スレイド夫人の心には優しい同情の念が満ちあふれていた。

「メアリーの容態はいかが」

「それが、あまりよくないのです。だいぶ熱がありますし」

「そうなの。なんと言ったらいいのか、本当にあの子には申し訳ないことになってしまって。なんと恐ろしいことになってしまったんでしょう。ああ、ファニー。私はどれほど今回のことで苦しんだか。今日も一日中、あの子の様子を見に抜け出てこようと思ったんだけれど、今までできなかったの」

「もうちょっとで死ぬところでした」モーガン夫人は答えた。

「助かったのは神の慈悲のお力です。それを考えただけで血も凍る思いだわ。かわいそうに。メアリーは長椅子に寝ているのね」

「はい」

スレイド夫人は椅子をとり、眠っている娘のそばに座って血の気のない愛らしい顔をじっと見つめている。やがて、メアリーの唇が開き、何かをつぶやく声が聞こえた。いったい娘はなんと言っているのか。

「いえ、いえ、お母さん。まだ床にはつけないわ。お父さんが帰ってないもの。それに、外は真っ暗。橋を無事に渡れるようにお父さんを連れ帰ってくれる人はいない。私は怖くなんかない。お願いだから泣かないで、お母さん。私は怖くないんだから。私は大丈夫よ」

娘の顔が紅潮する。うめき声をあげ、両腕を落ちつかなげに前に投げ出す。また何か言おうとしている。

「スレイドさんがあんな怖い顔で見ないといいのに。製粉所へ遊びに行っていたころはそんなことは一度もなかったわ。おじさんはもう私を膝にのせて髪をなでつけてはくれないの。ああ、お父さんにはもうあそこに行って欲しくない。お願い、やめて、スレイドさん。ああ、ああ」長く伸びた悲嘆の声が怯えた叫びに変わった。「頭が、私の頭が」

むせるようなすすり泣きが低いうめき声に変わり、そして、再び子供は安らかな寝息をたて始める。しかし、その頬の紅潮は取れなかった。そして、大粒の涙を頬に滴らせたスレイド夫人が娘の頬に軽く触れると、それは熱でほてっていた。

「ファニー、お医者さんには診てもらったの」

「いいえ、奥様」

「すぐに診てもらわないといけない。私が呼んできます」そう言ってスレイド夫人は立ち上がり、すぐに部屋から出て行った。ほどなく彼女はグリーン医師を伴って戻り、医者は腰をおろして、娘を重々しい顔つきで観察した。それから指を娘の手首に当てると時計を見ながら脈をはかり、頭を振りながらいっそう険しい表情を示す。

「いつごろからこの子は熱があるのかね」

「一日中です」

「もっと早く知らせて欲しかったな」

「先生。娘は危険な状態じゃないでしょうね」モーガン夫人の表情は怯えていた。

「奥さん、この子は病気なんだよ」

「お父さん、約束してくれたでしょう」——夢うつつの娘が再びしゃべり出したのだ——「まだ体の具合はよくないわ。お父さん、行かないで。お願い。ああ、行ってしまった。それなら、私も出かけてきます。途中で腰をおろして休めばいいから。ああ、でもとっても疲れちゃった。お父さん。お父さん」

子供は起き上がり、ひどく興奮したように辺りを見回す。

「ああ、お母さん。そこにいたの」そう言って彼女は枕に倒れこみ、まわりにいる人の顔から顔をもの問いたげに眺める。

「お父さん、お父さんはどこ」

「眠ってらっしゃるわ」

「そうなの。ああ、よかった」

　疲れきって娘は目を閉じる。

「痛みはないかね、メアリー」と医師が尋ねた。

「頭が痛いの。ずきずきします」

「お父さん」という呼び声が隣室で寝ていたモーガンの耳にとどき、彼は目を覚ました。覚えのある医者の声が聞こえる。いったい、こんな時間に医者がここで何をしているのだ。「痛みはないかね、メアリー」その質問をはっきりと耳にしたし、か細い声で発せられた答えも聞こえた。酒を飲んでいない頭の中で、恐れていたことがたちまちのうちに喚起された。この世の中で娘ほど愛するものはほかにはない。彼は飛び起きてできるだけ早く服を着込む。休息をえた神経が不安という刺激でたちまち緊張した。

「ああ、お父さん」彼が入ってきた音をすばやく聞きつけたメアリーは、顔に喜びの表情を浮かべて父を迎えた。

「娘の病気は重いのですか、先生」不安いっぱいの声で彼は聞く。

「この子は重症だ。もっと早く私に知らせるべきだったよ」医者は厳しい口調で非難するかのように言う。

動揺したモーガンは、まるでその宣告で頭を殴られて半ば怯えてすくみこんだように見える。メアリーは父の手をつかみ、それをしっかり握っている。

さらに詳しく診察した後、医者は薬を用意し、明日の朝早く再び診に来ると言って、その場を後にした。スレイド夫人もすぐその後に従った。別れ際に彼女はモーガン夫人の手に何かを渡したが、驚いたことに、それは十ドル紙幣だった。モーガン夫人の目に涙がわいた。そして胸元にお金を入れ、彼女は心から「ああ、有難い」とつぶやいた。

これはスレイド夫人にしてみれば、正義の行いというより人間として当然の、ささやかな償いの行為だった。夫が一方の手で旧友の家庭からパンを奪ったとすれば、他方の手でそれを元へ戻すのは妻の役目である。

さて、モーガン夫妻は病める娘と三人だけになった。娘は熱が高じれば高じるほど、興奮した頭が朦朧《もうろう》としてくる。しばらく娘はしゃべるのをやめなかった。心配事はすべて父親のことだった。そしてしきりに、自分の体調がよくなるまで夜の外出はしないという父の約束に言及する。彼女の優しい訴えはおおいに父親の琴線に触れた。ときにおぼろげながら父親の顔を見上げ、また、ときには、あたかも父が自分のもとを離れ、出かけていくかのように父親に向かって叫ぶのである。

「約束を忘れないでしょうね、お父さん」と言う娘の口調があまりに落ち着いているので、彼は娘の心の迷いが消えたのかと思った。

「いや、忘れるもんか」と言い、娘の髪を優しく手ですいた。

「私がよくなるまで夜出かけないでいてくれるかしら」

「もちろんさ」

「お父さん」

「なんだね」

「顔を近づけてちょうだい。お母さんには聞かせたくないの。きっと悲しむと思うから」

父親は耳をメアリーの口許に近づける。だが、その結果、彼は驚愕し震えることになるのだ。いったいメアリーはなんと言ったのか。それは、次の短い言葉だった。

「お父さん、私はよくはならない。もう死ぬんです」

抑えようのないうめき声がジョー・モーガンの口をついてもれ、妻を驚かせた。妻はすぐさまベッドのわきにやってきた。

「どうしたの。あなた、何があったの」彼女は不安な面持ちで尋ねた。

「しーっ、お父さん。言っちゃ駄目。お父さんだけに言ったのだから」メアリーは指を唇にあて内緒だといわんばかりの表情をした。「お母さん、あっちへ行って。もうこれ以上お母さんには心配をかけたくないの。お父さん、お母さんに言っちゃ駄目よ」

しかし、その言葉がメアリーの先行きを予言しているような気がしたジョー・モーガンは恐怖と自責の念にかられ、苦しみを内に押し止めておくことができなかった。しばらく妻の顔を見つめていた彼は、突然、かがみこんで寝具に顔をうずめ激しくすすり泣いた。

ことの真相を悟ったモーガン夫人の全身に苦悶の衝撃が走った。落ち着く間もないうちに、メアリーのかぼそい甘美な声が部屋の沈黙を破った。メアリーは次のように歌っていた。


「イエス様は死の床を羽毛の枕のように柔らかくしてくださる。

あの方の胸に私は頭をもたせ、にこやかに彼の地に召されます」

モーガン夫人はもはや感情を押し殺すことができなかった。娘の柔らかな歌声がだんだん小さくなって消え去ろうとしたとき、彼女はすすり泣きをはじめ、それからしばらく激しく泣き続けた。

「お母さん」と娘は言った。「お母さんに言うつもりはなかったの。お父さんだけに言ったのは、私がよくなるまで居酒屋にはもう行かないって約束してくれたからなの。だから私、もうよくならないの。そうすれば、お母さん、お父さんは絶対、絶対、あそこには二度と近づかないでしょう。ああ、痛い。頭が痛い。スレイドさんが思いきり投げたものだから。でも、お父さんに当たらなくてよかった。当たっていたらお父さん、きっと大変なことになっていたでしょう。でも、お父さんは二度とあそこへは行かない。とても嬉しいことね、お母さん」

彼女の顔に明るさがよぎった。だが、母親がまだ泣いているのを見て娘は言う。

「泣かないで。私、よくなるかもしれないし」

それからまぶたが重そうに閉じられ、娘は再び眠りについた。

「あなた」モーガン夫人はいくぶん自分を取り戻し毅然とした口調で言った。「あなた、この子の言ったことを聞きましたか」

モーガンはうめき声で答えただけだった。

「意識は朦朧《もうろう》としているけれど、でも事実を言ったのかもしれません」

彼は再びうめき声をあげた。

「ジョー、万一、この子が死ぬようなことになったら――」

「ファニー、言うな。そんなことを言うのはやめてくれ。この子が死んだりなんかするものか。ちょっと頭がふらふらしているからそんなことを言っただけだ」

「ジョー、どうして頭がふらふらしているって言うの」

「熱だよ、ファニー、熱のせいだ」

「熱が出ているのは、頭に受けたあの傷のせいです。どれだけ脳に損傷があるか分からないではないですか。グリーン先生も重く受け止めておられたみたいだし。私、なんだか怖いんです。これから恐ろしいことが起こりそうで。今までずいぶん多くの苦しみに耐えてきました。そのことは神様がご承知です。この試練に耐えぬく力が残されていることを祈るばかりです。いとしいメアリー。この子はこの世に生きているより天国に住むのが似つかわしい、だから、神様はご自分のところにこの子を召そうとお考えなのかもしれない。この子がいてくれるだけで、どれほど私にとって心の安らぎになったことか。それは、ジョー、あなただって同じでしょう。この子は子供というより私たちにとっての守護天使なんです」

　モーガン夫人は毅然とした口調でしゃべろうとしたのだが、語っているうちに、その声から落ち着いた調子が徐々に失われた。最後の言葉を発したときには、自分を抑える力は霧消し、さめざめと泣くばかりだった。弱々しい過ち多き夫にしてみても、妻と一緒になって泣く以外、ほかにどうするすべもなかった。

「ジョー」モーガン夫人は必死で身を起こし、気力が失せないうちに、いそいで次のことを言った。「ジョー、もしメアリーが死んだら、なぜそうなったかを忘れてはいけないわ」

「ああ、ファニー、ファニー」

「それに誰の手がひどい傷をあの子に負わせたかも」

「忘れるだって。絶対にない。もしこの私がサイモン・スレイドを許す――」

「それから、どこで傷を負わされたかも」モーガン夫人は夫をさえぎって言った。

「かわいそうに、かわいそうな子だ」良心に打ちのめされた男はうめいた。

「ジョー、それからあなたがした約束も。あなたがこの死にゆく娘にした約束よ」

「お父さん、お父さん、私のお父さん」メアリーの目が突然開き、激しく父を呼び求めた。

「ここにいるよ、なんだね」ジョー・モーガンはベッドわきに寄り添った。

「ああ、お父さんなのね。お父さんが出かけた夢を見たの。でも、そんなことはしないわね、そうでしょう、お父さん」

「メアリー、もちろんだよ」

「私がよくなるまで、ぜったいにしないでね」

「メアリー、だけど、仕事には出かけないといけないよ」

「夜の外出のことを言っているの、お父さん。夜は出かけないでしょう」

「うん、出かけないとも」

柔らかな笑みが娘の顔じゅうに広がり、そして、疲れきった様子で重いまぶたを閉じると、再びまどろみに落ちた。いくらか落ち着いたかのようにも見えた。眠りながらうめくこともなかったし、身もだえすることもなかった。

「すこし落ち着いたようだ」娘のうえに体をかがめ、柔らかな寝息に耳をすましながらモーガンは言った。

「そのようですね」と妻が答えた。「でも、ジョー、あなただって寝ないと。私はここでこの子のそばで横になって、何か必要なことがあればしてやります」

「私は眠くはない。目を閉じようにも閉じられっこないんだ。だからメアリーのそばで一晩看病をさせておくれ。おまえこそ疲れきっているのだから」

　モーガン夫人はじっと夫の顔に見入った。目はいつになく輝き、唇がわずかながら気ぜわしげに動いているのが見られた。片手を夫の手の上に置くと、かすかに震えていた。

「あなた、やすまないといけないわ」彼女ははっきりと言った。「メアリーのそばで起きているなんて許しません。さあ、行ってください」そう言って、彼女は夫をほとんど無理やり隣室へ引っ張り込んだ。

「ファニー、駄目だ。眠くなんてないんだから。どっちみち横になっても眠れんだろうから、おまえこそ少しやすみなさい」

　そう言ったとき、彼の腕や肩に痙攣《けいれん》が走った。そして、妻に促されて寝室に入ると、突然次のように叫んだ。

「あれはなんだ」

「どこ」とモーガン夫人は聞いた。

「あっ、いや、なんでもない。そうか、私の古い長靴の片方が置いてあったのか。大きな黒猫のように見えたものだから」

　ああ。なんたる戦慄すべき絶望感がこのみじめな夫人の心を捉えたことか。眼前の兆候が、すでに夫が二度も苦しんだあの恐ろしい錯乱の兆しであることを彼女は知りぬいていたのだ。前の場合なら、夫が死にゆくのを冷静に眺めてもいられただろう。だが、「今は駄目、今度だけは。ああ、神様」そう彼女はつぶやいたが、あまりに沈んだ口調に彼女の命そのものが遊離するかのように思えた。

「ジョー、ベッドに入って、今すぐ横になって」

モーガンは妻の言うなりになって、子供のようにおとなしく従った。彼はシーツをめくりもぐりこもうとしたが、はっとして後ろに飛んだ。顔には嫌悪と警戒の表情が表れていた。

「なんにもないわ、あなた。どうしたの」

「ファニー、自分でもわからない」そう言いながら、彼の歯はがたがたと鳴った。

「シーツの下に大きな蛙がいると思ったんだ」

「なんて馬鹿なことを」だが、そう言いながらも、彼女の目は涙で曇った。「気のせいだわ。ベッドに入って目を閉じなさい。もう一杯濃いコーヒーを作ってきます。それを飲んだら気分もよくなるでしょう。神経が高ぶっているだけ。メアリーの病気のことで気が立っているのですよ」

ジョーはシーツをさらにめくり上げ、覗き込むように、その下を注意深く調べた。

「あなたのベッドに何もいるはずがないじゃないですか。ほらっ」

　モーガン夫人は一気にシーツを床に引きずり落とした。

「ほらっ、自分で見てごらんなさい。さあ、もう目を閉じて」と言いながら、彼女は、枕に頭を横たえた夫の上にシーツと毛布を広げた。「お湯をわかしてコーヒーを入れるまで、目をしっかり閉じたままにしておいてください。気の迷いにすぎないということは、あなただって私と同じぐらい分かっているでしょう」

　モーガンは目を固く閉じ、シーツを頭の上までかぶった。

「すぐに戻ります」と言って、妻は急いでドアのほうへ向かった。しかし、部屋を離れる前に彼女は振り向き加減に後ろをちらっと見た。すると、夫が正座して、恐怖に満ちた表情でこちらを見据えている。

「ファニー、お願いだ、行かないでくれ」彼は怯えた声で叫んだ。

「ジョー、ジョー。どうしてそんな馬鹿なことを言うの。ただの妄想にすぎないのに。お願いですから横になって目を閉じてちょうだい。じっと閉じたままでいてください。大丈夫だから」

　そう言って片手を夫の目に当てて、しっかりと押さえつけた。

「グリーン先生がいてくれればなあ」とあわれな男はつぶやいた。「何か薬がもらえるのに」

「行ってもらってきましょうか」

「そうだ、ファニー、行ってきてくれ。今すぐ行ってくれ」

「でも、そうしたら、あなたはベッドにじっとしていないでしょう」

「いいや、じっとしているとも。ほらっ、このとおり」彼はシーツを顔のところまで引き上げた。「おまえが戻るまでじっとこうしている。だから、ファニー、ひとっ走りしておくれ。今すぐにだ」

後先のことを考える余裕もなく、モーガン夫人は急いで部屋を出て、古びたショールを頭に巻くと、さほど遠くではないグリーン医師の家へと急ぎ足で向かった。親切な医者は彼女がほんのひとこと言うだけで夫の悲しむべき状態を察し、すぐに駆けつけると言ってくれた。行きよりもさらに早く彼女は飛ぶように家に戻ったが、心臓は漠然とした不安で高鳴っていた。ああ、家まであと数歩というところまで来たとき、恐ろしい叫び声が彼女の耳を襲った。恐怖で調子が変わってはいたものの、声の主は分かった。身震いで心臓が止まりそうなほどであった。一気に家に駆け込んだ彼女は、次の瞬間、夫を寝かせておいたあの部屋にいた。しかし、夫はいない。息もできず、足もいうことを聞かないまま、彼女は可愛いメアリーが寝ている部屋へなんとかたどり着いた。ここにもいない。

「ジョー、あなた」弱々しい声で彼女は呼んだ。

「ここよ、お母さん」見ると、ジョーは病気の娘が寝ているベッドの奥にもぐり込んでおり、娘の腕が父の首にしっかり巻きついていた。

「あいつらにお父さんをいじめさせないようにしてくれるね」恐ろしい錯乱の犠牲者となり怯えきったあわれな男が言った。

「大丈夫、誰もお父さんをいじめやしないわ」メアリーは答えたが、その声には彼女の意識がはっきりしていて、父親の状況を完全に理解している様子がうかがえた。

娘はこのような父親の姿を以前にも見ていたのだ。ああ、子供にとってなんたる経験であろうか！

「メアリー、おまえは天使だ。お父さんの天使だ」まだ恐怖で震える声で父親がつぶやいた。「お父さんのために祈っておくれ。天におられる神様にお父さんをあの恐ろしい生き物から守ってくださるように頼んでおくれ。ああ、来た！」と彼は突然起き上がり、ドアのほうに向かって叫んだ。「来るな。どこかへ行ってくれ。ここへは入れないぞ。ここはメアリーの部屋だ。この子は天使だからな。そうだとも、おまえたちにはここへ入ることができないことは分かっていたさ。

聖者がひとりいれば、一万の暴れる夜の息子どもを、
追い払うことができるのだ」

なかば錯乱した状態で、しかし、はっきりとした声で彼はそう付け加え、枕に頭をうずめると、シーツを頭までかぶり寄せた。

「かわいそうなお父さん」と娘はため息をつき、両腕で父親の首に抱きついた。「私、お父さんの守護天使になってあげる。この家では誰にもお父さんをいじめさせはしないわ」

「おまえがいれば安全だと分かっていたよ」と彼はささやいた。「分かっていたさ。だからここに来たんだ。さあ、お父さんにキスしておくれ」

すぐさまその唇に、いとも純真で愛情あふれるキスがなされた。そのキスには、洪水のごとく彼を取り囲み、押しつぶそうとする邪悪な力をはねつける力があった。今やすべてに静けさが戻った。モーガン夫人は家全体を覆う厳粛な静けさを破りたくはなかったので、何も言わずにじっとしていた。やがて、夫から聞こえる深い息遣いでどうやら眠りに落ちようとしているのが感じとれた。ああ、この人は眠ろうとしてい

る。これまでも、どうか寝てくれはしないものかと何度、涙まじりに祈ったことだろうか。しかし、強い薬を与えても、何時間も何日間も眠りは訪れず、やがて、とうとう疲れきった体が降参して眠りにつくのだ。だが、そのときでも、眠りは死と長い戦いを続けていたのだった。ところが、今、この愛情深い純真な娘の力が、少なくとも当面、父親の感覚器官を支配せんとする邪悪な力に打ち勝ったように思えた。そうだ、確かに、この人は眠っている。ああ、なんという悲愴な「神様」という声が、この打ちのめされた妻から発せられたことか。

まもなく、モーガン夫人は医者がやってくる足音を聞きつけた。彼女は唇に一本指を立てながら、戸口で医者を迎えた。ひそひそ声で容態を説明すると、医者は励ますような口調で言った。

「眠り続けてくれるなら、それはいい兆候だ」

「そう思われますか、先生」と不安げな声が聞いた。

「だと思う。だが、楽観するのも禁物だ。そういう事例は珍しいからね」

ふたりは静かに寝室に入った。モーガンはいぜん眠っていて、深い息遣いからぐっすり眠っていることは明白だった。そして、メアリーも、また、眠っていたが、顔を父親と向き合うようにして、両腕は彼の首を抱きかかえていた。その光景が医者の心を打ち、目が潤んだ。半時間ほど医者はその場に立っていたが、モーガンが眠り続けているのを確認すると、ことが起きたときにすぐに飲ませる薬を置き、翌朝また来ることを約束して帰っていった。

ときはもう真夜中をすぎている。ふたりの病人を看取る孤独で悲しみに満ちた人のもとをそろそろ離れることにしよう。


その夜遅く、さきほど述べた事件があったばかりの「鎌と麦束亭」で、私は手に新聞を持って座っていた。新聞を読むというより、あれこれ考えるためである。

「お母さんはどこへ行った」と尋ねるサイモン・スレイドの声が聞こえた。ちょうど隣の部屋へ入ってきたようだった。

「どこかへ出かけたみたいです」娘のフローラが答えた。

「どこへ」

「知りません」

「出かけてからどれくらいになる」

「一時間以上です」

「だのに、おまえはどこに行ったか知らないというのか」

「はい、お父さん」

それ以上会話はなかった。それからしばらく、主人の重い足が部屋を行きつ戻りつする音が聞こえた。

「アン。どこへ行っていたんだ」隣室のドアを開け閉めする音が聞こえた。

「あなたにも一緒に来てもらいたかった所です」ときっぱり答える声がした。

「どこだって」

「ジョー・モーガンの家です」

「ふん、そうか」それしか私の耳には聞こえなかった。だが、何かぼそぼそ言う声がして、それに対し、スレイド夫人はいくぶんかの温かみを交えて答えた。

「あなたの服が生涯、あの子の血で汚れることがないとしたら、あなたは神に感謝しないといけませんよ」

「どういうことだ」彼はすばやく尋ねた。

「言ったとおりよ。メアリーの病は重いのです」

「ああ、それが私になんの関係があるというのだ」

「おおありです。お医者様は、あの子はあぶないと言っておられます。頭の傷から熱が出て、今、あの子は意識が朦朧《もうろう》としているんです。ああ、今晩私が耳にしたことをあなたが聞いていたら」

「なんだって」彼はうめくように言った。

「今言ったように、あの子は正気じゃないんです。妙におしゃべりになって、あなたのことも言っていました」

「私のことを。なんと言っていたんだ」

「かわいそうに、こんな風に言っていました。『スレイドさんがあんな怖い顔で見ないといいのに。製粉所へ遊びに行っていたころはそんなことは一度もなかったわ。おじさんはもう私を膝にのせて髪をなでつけてはくれないの。ああ』かわいそうに。いつもいい子だったのに」

「あの子がそう言ったのか」スレイドは心動かされた様子だった。

「そうです。でも、それだけじゃないわ。あの子が『お願い、やめて、スレイドさん。頭が、私の頭が』と叫んだときには、どれほど心が痛んだことか。あの子の真っ青で怯えきった顔や恐怖に満ちた叫び声は忘れられません。サイモン、万一あの子が死ぬようなことになったら」

長い沈黙が続いた。

「製粉所時代に戻れたらいいのに」スレイド夫人の声だった。

「また始まった。その話はもう聞きたくない」主人はすぐに答えた。「もう身を粉にして働くのは十分だ」

「でも、昔は良心を持っていたわ」妻が言った。

「やかましい、黙ってくれ」スレイドは腹を立てていた。「おまえの口ぶりだと、まるで私が十戒のすべてを破ったように聞こえるではないか」

「こんな調子であと数年も続ければ、戒律のみならず多くの心も破ってしまうでしょうね。それに、財産のみならず魂も台無しにしてしまうでしょうよ」

スレイド夫人は静かだが、厳しい調子で語った。夫はそれに対して悪態をつくしかなかった。それからドアを叩きつけるように閉め、部屋をあとにした。その後静けさが戻るなか、私は自室に戻り、一時間ほど横になって今耳にしたばかりのことをあれこれ考えた。居酒屋の主人と興奮冷めやらぬ伴侶とのあいだで交わされたやりとりのなかに実にことの真相が啓示されていたのである。

第四夜　可愛いメアリー・モーガンの死

「アン、どこへ行くんだ」主人の声がした。ときは日没後しばらくしてのことである。

「ファニーの様子を見てきます」と妻が答えた。

「なんのために」

「行きたいから行くのです」

「行ってもらいたくはない」スレイドがきっぱりと言った。

「サイモン、そんなわけにはいきませんよ。メアリーは危険な状態だし、ジョーも大変なことになっていると聞きました。行けば何かの役には立てます。あなただってそうよ。昔のあなたなら、モーガンや家族が困っていると聞くと――」

「黙れ」主人は腹立たしげに叫んだ。「もう説教をされるのはうんざりだ」

「それなら、サイモン、私のすることに干渉しないでください。それだけはお願い。言ったように、私はあの家に行く必要があるから出かけるのです」

どう見てもスレイドには分が悪かった。それが分かっていたので彼は視線をそらし、聞きとれないことをなにやらつぶやいているうちに、妻は出かけてしまった。彼女は急ぎ足であわれな酔いどれの家へと向かい、戸口で夫人に迎えられた。

「メアリーの加減はいかが」スレイド夫人は真剣な面持ちで尋ねた。

モーガン夫人は答えようとしたが、唇は動くものの、言葉が出てこない。

スレイド夫人は両手で相手の手をしっかりと握りしめ、それからふたりで子供の寝ている部屋へ入っていった。ひと目でスレイド夫人には、死が娘の額にその冷たい指をすでに押し当てていることが見て取れた。

「具合はどう」子供のうえにかがみ込んでキスをしながら彼女は聞いた。

「有難う。よくなっています」かぼそいささやき声でメアリーは答えた。

それから娘はいぶかしげな視線を母親に送った。

「どうしたの、メアリー」

「お父さんはまだ起きていないの」

「ええ、メアリー」

「すぐに起きてこないの」

「ぐっすり眠っているわ。できればこのままにしてあげたいの」

「分かったわ。起こさないで。ひょっとして起きているかなと思っただけだから」

そう言った後、娘のまぶたはけだるく閉じられ、長いまつげが頬に触れた。

しばらく沈黙の時間が流れ、それから、モーガン夫人が声をひそめてスレイド夫人に言った。

「夫のことではほんとうに大変な思いをしました。昨晩、あのひどい発作を起こしたものですから。グリーン先生を呼びに行くのであの人をひとりにしておいたのです。帰ってみると夫はメアリーのベッドで一緒に寝ていたんです。娘のほうは、なんと両手で首を抱きかかえるようにして父親を慰めているではないですか。すると、信じられないことに、夫は寝てしまったのです。長い時間そうして寝ていました。お医者様がやって来て様子をご覧になってから、薬だけ置いて帰られました。眠ることで夫の病も治るのではないかと私はおおいに期待しました。ところが、真夜中に突然跳ね起きて恐ろしい悲鳴をあげながらベッドから飛び出すんです。かわいそうなメアリー。あの子も寝ていたのですが、悲鳴で起こされすっかり怯えていました。スレイドの奥様、それからあの子の容態は悪化するばかりです。

夫が部屋から駆け出そうとするたび、私は腕をつかまえました。あの人を留めておくだけで全身の力を使い果たしたような気がします。

『お父さん、お父さん』すっかり目覚めてしまったメアリーは、何が起こったのかを知ってすぐにそう呼びかけました。『行かないで。ここには何もいないわ』

夫は怯えた様子でベッドのほうを振り返りました。

『見て、お父さん』そう言って娘は毛布とシーツを払い落とし、ベッドには何もいないことを納得させようとしました。『私はここにいるから』とも言いました。『怖くなんかない。お父さん、戻ってきて。私をいじめるものが何もいないなら、お父さんをいじめるものだっていないわ』

娘の言葉にどこか安心させるものがあったのか、夫はベッドのほうへ一、二歩進み寄ると怖い顔でベッドを見つめました。視線はベッドから天井へと及び、すると、あの恐怖に満ちた表情が戻ったのです。

『いるぞ、ベッドから急いで逃げろ。メアリー、飛び出るんだ！』と夫は叫びました。

『見ろ、頭の真上にいるぞ』

メアリーは天井を見上げましたが、その顔には恐怖心は見えず、しばらくじっと見上げていました。

『なんにもいないわ』自信に満ちた声でそう言いました。

『行ってしまった』と夫はほっとしたように言いました。『天使のようなおまえの姿がやつらを追い払ったんだ。おや、また来たぞ、床を這っているぞ』と夫は恐ろしげに叫び、立っていたところから逃げようとしました。

『ここよ、お父さん、ここに来て』メアリーが呼びかけると、夫はベッドにもぐりこみました。そして、娘は両腕で父親をしっかり抱いて、なだめるように小さな声で言いました。――『お父さん、ここなら安全よ』

私は躊躇《ちゅうちょ》なく、グリーン先生からいただいたモルヒネを夫に渡しました。夫はあわててそれを飲み、ベッドの中でうずくまりました。そのあいだも、メアリーはそこがいかに安全な場所であるかを切々と語りかけていました。自分の居場所がはっきり意識されているかぎり、夫はまったく落ち着いていました。ところが、うつらうつらし始めると、再び悲鳴をあげてベッドから飛び出るのです。それを落ち着かせるのにまた数分かかります。そんなことが夜中じゅう、六度ほどあったでしょうか、そのあいだ、メアリーはずっと父親をなだめていました。私はお医者様に言われたとおり、モルヒネを与え続けました。鎮静剤が功を奏して朝が来るまでに夫はぐっすり眠り込んでしまいました。お医者様がみえたときに、夫のベッドへ移しました。今もまだ眠っています。ですけど、私はあの人がこのまま目を覚まさないのではないかと心配しています。そんな話を聞いたことがありますので」

「お父さん、まだ目を覚まさないのかしら」とメアリーが枕から頭を浮かせて聞いた。母親とスレイド夫人の会話は小さな声だったので、メアリーの耳には入っていなかった。

　モーガン夫人は戸口まで行き、夫の眠る部屋を覗き込んだ。

「メアリー、まだ眠ってらっしゃるわ」母親は娘の枕元へ戻ってきて言った。

「ああ、目が覚めていればいいのに。お父さんの顔が見たい。お母さん、呼んでくれない」

「もう何度も呼びかけたわ。でも、お医者様が薬をくださったの。だから、まだ目が覚めないの」

「もうずいぶん長いあいだ寝ているわ。お母さんも、そう思わない」

「そうね、ずいぶん長いわね。でも、それがお父さんには一番の薬なのよ。目が覚めたらよくなっているわ」

　メアリーは疲れ果てたかのように目を閉じた。その顔は死の兆候を示すかのように真っ青で、目は落ち窪み、すっかりやせ細っていた。

「もう娘のことはあきらめました、スレイドさん」モーガン夫人は友人のほうに身を近づけ、小さな、むせぶようなささやき声でそう言った。「もうあきらめたのです。最悪の事態は乗り越えました。でも、まるで心が張り裂ける思いです。かわいそうなメアリー。暗いことばかりの私の人生で、どんなにあの子が私を助け慰めてくれたことか。あの子がいなかったら、もっと暗い人生だったことでしょう」

「お父さん、お父さん」メアリーの声がはっとさせる緊迫感を伴って聞こえた。

モーガン夫人はベッドのわきに戻り、メアリーの腕に手を置いて言った。

「メアリー、まだ休んでおられるわ」

「いえ、お母さん、そうじゃないの。さっきお父さんが動く音がしたの。もう目が覚めたかどうか、行って見てきてくれる」

娘を納得させようと母親は部屋を出た。

驚いたことに、夫の寝ている部屋へ入ると、こちらを見ている夫の目が彼女を捉えた。彼は静かに妻を見ていた。

「メアリーは私に何をしてほしいと言っているんだ」と彼は聞いた。

「あなたの顔が見たいと言っています。何度も何度もあなたのことを呼んでいました。ここへつれてきましょうか」

「いや、起きて服を着よう」

「やめたほうがいいわ。体調がよくないのですから」

「とんでもない。大丈夫だよ」

「お父さん、お父さん」思いつめたような、澄んだメアリーの声が聞こえた。

「今、行くわ」とモーガン夫人は答えた。

「すぐに来て、お父さん」

「メアリー、分かった」モーガンは起き上がり、服を着ようとした。だが、手が震え、体が衰弱しきって思うにまかせない。しばらくして、妻の助けを借りて身支度を整えると、体を支えられながら、彼はメアリーの寝ている部屋へよろけながらやってきた。

「ああ、お父さん」――娘の顔に明るさがさした。――「ずっとお父さんのこと待っていたの。もう目を覚まさないんじゃないかと心配したわ。お父さん、私にキスしてちょうだい」

「メアリー、いったいどうしたんだね」とモーガンは優しく尋ねながら、娘の寝ている横の枕に頭を置いた。

「お父さん、なんでもないわ。特別なことは何も望んではいません。ただ、お父さんの顔が見たかったの」

「お父さんならここにいるよ」

「お父さん、嬉しいわ」心の底から優しさをこめて娘はそう言い、小さな手で父親の顔に触れた。「お父さんはいつも私に優しかった」

「いいや、私は誰かに優しかったことなど一度もない」枕から身を起こすと、身も心もぼろぼろになった男は弱々しくすすり泣いた。

スレイド夫人はいたく感動した面持ちで、座ったまま、黙ってこの場面を眺めていた。

「お父さんは自分には優しくなかったかもしれないけれど、私たちにはいつも優しかった」

「メアリー、もうやめてくれ。そのことは言わないでくれ」モーガンは言葉をはさんだ。「悪い父だった、どうしようもない男だったと言ってくれ。ああ、メアリー。私がおまえほど優しい人間だったらどんなによかったか。いっそ死んで、この忌まわしい世界から退散したいほどだ。酒も宿屋も酒場もなければよかった。ああ、ああ。いっそ死んでしまいたい」

そう言って、男は震える身を再び子供の横の枕に沈め、声をあげて泣いた。

しばらくのあいだ、部屋になんという重苦しい沈黙が続いたことか。

「お父さん」沈黙を破ったのはメアリーだった。その声は澄んで落ち着いていた。

「お父さん、ちょっとお話があるの」

「メアリー、なんだね」

「これからはお父さんを迎えにいく人がいなくなるわ」娘の唇がひくひくと動き、目には涙がたまった。

「メアリー、そんなことを言うのはおよし。お父さんはおまえがよくなるまで夜にはもう出かけないから。約束しただろう」

「でも、お父さん」――娘は躊躇《ちゅうちょ》した。

「なんだい」

「私はじきにお父さんとお母さんのところからいなくなるの」

「メアリー、駄目だ、駄目だ。そんなことを言っちゃいかん」あわれな男の言葉がつかえた。「そんなことを言っちゃいかん。そんなことを許すものか」

「神さまのお召しなの」子供の声には荘厳な響きがあり、その目はうやうやしく天上に向けられていた。

「私を召してもらいたいものだ。そうだ、私こそ召されるべきだ」両手で顔をおおいながら、モーガンはうめいた。「おまえがいなくなったら、どうすればいいんだ。ああ、メアリー、可愛い娘」

「お父さん」メアリーも静かに答えた。「お父さんはまだ召されないわ。神様はお父さんがよくなるように、もっと長く生きさせてくださるの」

「メアリー、おまえの手助けなしに、どうやって私がよくなるというんだ。いとしいメアリー」

「私、何度も何度もお父さんを助けようとしたわね」

「ああ、おまえはいつもお父さんを助けてくれた」

「でもなんの役にも立たなかった。お父さんはなんとしてでも酒場に行こうとしたでしょ。まるで自分ではどうにもならないみたいに」

モーガンは心の中で苦悶の声をあげた。

「お父さん、ひょっとしたら、私、死ねばもっとお父さんの助けになれるかもしれない。お父さんのことが大好きだから、きっと神様はお父さんのもとに戻って、いつも守護天使としてそばにいるのを許してくださると思うわ。お母さんもそう思わない」

モーガン夫人の心は張り裂けんばかりであった。娘の問いかけに答えようともせず、流れる涙を拭いもせず、ただ座ってじっと娘の顔を見つめていた。

「お父さん、私今日寝ているときにお父さんの夢を見たの」メアリーは再び父のほうを向いてこう言った。

「どんな夢だった」

「たしか夜のことで、私は病気で寝ていたの。お父さんは私がよくなるまで外出しないって約束したのに出かけたわ。スレイドさんの酒場に行ったんだと思う。そのことを知って元気なときと同じぐらいの力が出たから、起き上がって服を着て、お父さんの後を追いかけたの。でも、まだあまり行かないうちに、スレイドさんが飼っている大きなブルドッグのネロと出会ったの。犬が恐ろしい様子で私にうなるので、怖くなって私は家に走って逃げたわ。それから、もう一度家を出ると、今度はメイソンさんの家のあるほうから遠回りして行ったんだけど、やっぱり道にはネロが待ち構えているの。今度はネロが私の服に嚙みついて、スカートを大きく破ってしまったの。私、また走って逃げたけど、ネロは家までずっと追いかけてきたわ。ちょうど戸口のところまで来たときに、振り返るとスレイドさんの姿が見えて、私にネロをけしかけていたの。すごい意地悪な顔つきだったけれど、スレイドさんを見た瞬間、恐怖心が消えて、向き直ると、牙をむき出しながら恐ろしい声でうなっているネロのそばを歩いていった。すると犬は私に触れもしなかった。それから、スレイドさんが私を止めようとしたの。でも、私は気にせず、そのまま歩いていって宿屋まで来たの。するとお父さんが戸口に立っていた。しかも、とてもきれいな服を着ていたわ。帽子もコートも新しかったし、ブーツだって新品でハモンド判事さんのみたいにぴかぴかだった。私言ったの。『お父さん、お父さんなの』そしたら、お父さんは私を腕に抱き上げてキスしてくれて、それから、こう言ったわ。『そうだ、メアリー。これがおまえのお父さんの本当の姿だ。あの、ジョー・モーガンのやつと言われていた人間ではなく、今やモーガンさんと呼ばれる男だ』。なんだか妙だったので、酒場の中に誰がいるのか覗いてみたわ。でも、そこはもう酒場ではなく、いろいろな品物が置いてあるお店だったの。『鎌と麦束亭』の看板がはずされ、戸口の上にはお父さんの名前が書いてあるのが読めたわ。ああ、私とっても嬉しかった。でも、そこで目が覚めて、――それから私泣いてしまったの。だって夢だったんですもの」

最後の言葉が悲しみに沈んだ調子で発せられ、やがてメアリーのまぶたは垂れ、涙に光るまつげが頬に触れた。再び重苦しい沈黙の時間が経過した。メアリーの話に圧倒されて聞きいっていた者には、自分たちの胸の内を表す言葉がなかったからである。言葉にするにはあまりに強い感情が渦巻いていたのだ。五分近く過ぎたころ、メアリーは父の名をささやいた。だが、今度は目を開くことはなかった。

モーガンは答えながら、耳を娘の口許へ持っていった。

「あとにはお母さんしかいなくなるわ」娘は言った。「お母さんだけ。お父さんがいないところでどれだけお母さんが泣いているか」

「メアリー、仕事に行くとき以外は、お母さんをひとりにはしない」モーガンは娘にささやいた。「それに、今後夜は決して出かけたりなどしない」

「そう。約束してくれたんですものね」

「もっと約束しよう」

「お父さん、何を」

「今後決して酒場には足を踏み入れない」

「絶対に」

「絶対に。それから、まだある」

「なあに」

「死ぬまで今後一滴たりともお酒は飲まない」

「ああ、お父さん。お父さん」歓喜の声をあげてメアリーは起き上がり、父親の胸に飛び込んだ。モーガンは両腕で強く娘を抱きしめ、唇を彼女の頬に押し当て、長いあいだそのままの姿勢で座っていた。いっぽう、娘は彼の胸に抱かれ、まるで死んだようにじっとしていた。死んだように。さよう、父親が両腕をほどいたとき、娘の魂はすでに、天へと上る天使たちとともにあったのである。


―――

私が「鎌と麦束亭」に投宿して四日目の晩のことだった。その夜は、客の数も少なく賑わいに欠けていた。誰もがメアリーの病については聞いていたが、グラスをぶつけられた事件からすぐのことゆえ、両者を関係づけて考えることにためらうものはいなかった。メアリーはしょっちゅう酒場に顔を見せていたし、優しいながらも強い影響力を父親に及ぼしていたので、「鎌と麦束亭」の常連客のほとんどが、普通以上に関心を抱き、彼女が受けたむごい仕打ちとその後の病がいっそうみんなの興味を引き付けたのである。

「ジョー・モーガンは今晩は姿を見せていないな」ひとりの客が言った。

「しばらくは来られないだろうよ」誰かが答えた。

「それはまたどうしてだ」最初の男が聞いた。

「聞くところによると、火掻き棒を持った男に追いかけられているそうだ」

「またか、ひどい話だ。二度目か三度目の発作じゃないか」

「そうだ」

「今度こそお陀仏になりそうだな」

「かもしれん」

「あわれなやつだ。だが、別にどうってことはあるまい。あの男がいないほうが家族はずっと楽になるだろうから」

「死んだほうが、家族は有難いってとこだよ」

「どうしようもない酔っ払いだ」その場に居合わせたハーヴェイ・グリーンがつぶやいた。「みんなの迷惑なだけだからな。早くいなくなりゃなるだけ、好都合ってもんだ」

主人は何も言わなかった。いつもより渋い面持ちでカウンターにもたれるように立っていた。

「サイモン、あんたにとっちゃ不幸な事件だったな。なんでも、子供は助からないらしい」

「誰がそんなことを言ってるんだ」スレイドは思わずしかめ面になって、そう言った男のほうをちらっと見た。

「医者のグリーン先生だ」

「馬鹿な。グリーン先生はそんなことはぜったい言わなかったぞ」

「ところが言ったんだよ」

「誰が聞いたんだ」

「俺さ」

「あんたが」

「そうさ」

「まさか本当じゃないだろうな」わずかながら主人の顔面が蒼白になった。

「残念ながらそうだ。なんでも、昨日の晩はひどかったらしい」

「何が」

「ジョー・モーガンの家さ。ジョーのやつは発作を起こすし、モーガンのかみさんは一晩中ひとりで病気の子の世話をしたらしい」

「あいつの場合は自業自得だ。そうとしか思えない」スレイドはわざと冷淡さをよそおった。

「こりゃ辛らつだ」一座のひとりが言った。

「かまうもんか。それが事実だからな。あいつにはそれがふさわしい」

「でも、ジョーのような男には同情の余地がある」男は言った。

「同情するなら家族のほうだ」とスレイド。

「とくにあの可愛いメアリーにはな」この言葉には主人に対する揶揄《やゆ》の響きがこもっていて、部屋にいた男たちはそうだそうだと言わんばかりにざわめいた。

スレイドはいらついて、立っていた場所から後ろに身をひき何かを言ったが、私には聞き取れなかった。

「おい、サイモン、今日フィリップス弁護士の事務所で耳寄りな話を仕入れてきたぞ」

スレイドは、そう言った男のほうに目を向けた。

「まんいち子供が死んだら、あんたは殺人の容疑で裁判にかけられるだろうだとよ」

「それを言うなら子供殺しの罪だろう」ハーヴェイ・グリーンは冷たい無慈悲な含み笑いを浮かべて言った。

「いや、真面目な話をしているんだ。フィリップスさんの言うには、あんたは裁判で負けるかもしれない」

「あれはたんなる事故さ。クリステンダム中の弁護士を集めたって、それ以上立証しようがあるまい」グリーンは主人の肩をもち、前よりは真面目な調子で言った。

「事故なもんか」と相手は答えた。

「娘に向かって投げたわけじゃない」

「それは関係ない。娘の父親めがけて重いグラスを投げたじゃないか。怪我をさせるつもりだったんだ。法律は怪我をさせられた人物が誰であるかなんてことには頓着しないのさ。しかも、娘を狙わなかったと証言できる目撃者がいるか」

「そんなことを言うやつは大嘘つき野郎だ」男の発言になかば正気を失った主人は叫

んだ。

「私ならあんたの頭めがけてグラスなど投げはしないね」男は落ち着き払って言ったが、そのあけすけな発言はサイモン・スレイドをおおいに苛立たせた。「グラスを投げるというのは諍いを収めるにはあまり褒められた方法とは言えん。もっとも、なかには追い詰められたとき、好んでその方法で事態を収拾したがる御仁もいるようだが。ところで、われらが友人のご主人についてだが、残念ながら、新規事業を始めて、マナーも気性もよくなったようには見えんな。粉屋をしていたときは、この世でもっとも温厚な気質の持ち主のひとりだったし、子猫一匹痛めることすら考えることもできないほどだった。だのに、今は、悪態はつくは、怒鳴りちらすは、人の頭めがけてグラスを投げるはの狼藉三昧。そのことにかけちゃ、けんか早い荒くれ者顔負けだ。どうやら付き合う仲間が悪いようだ、本当に」

「ここに飲みに来ていて私を侮辱する権利はないだろう」とスレイドは答えたが、その声は先ほどより元気がなかった。

「あんたを侮辱するつもりなんかないよ」男は言った。「仮定の話をしていただけだ。もしあんたが殺人罪で法廷に立たされたとき、メアリーに当てようと思ってグラスを投げたんじゃないと証言してくれる者などいないと言っただけさ」

「あの子に当てるつもりなんかなかった。それに、この酒場にいる者で、私が故意にやったと思うものなどひとりたりともいないと思う」

「俺は故意じゃないと思う」議論に加わっていたひとりが言った。「わしもだ」「私も」という声が部屋中にこだました。

「だが、私の言いたかったのは」と男は続けた。「あんたのことを知らない十二人の陪審員が判断を下す法廷では、ことはそんなに簡単にいかないかもしれないということだ。証拠にちょっとでも引っかかりがあったり、証人側の先入観なり検察側の老獪《ろうかい》な戦術なりで、あんたの立場は不利になって勝ち目がなくなることだってある。私に言わせれば、万一子供が死のうものなら、あんたが州刑務所にやっかいになる確率は八割ってとこだ。かなりきついと言わざるを得ないな」

男がしゃべっているあいだ、私は彼を注意深く観察していた。だが、男がはたして真剣なのか、たんにスレイドを脅かそうとして言っているだけなのかは見極め難かった。だが、後者の効果をあげていたことは明らかだった。スレイドの顔からは徐々に血の気が失せ、恐怖感が顔一面をおおった。他人をいたぶることで快感をえる人間がいるものだが、スレイドの狼狽振りを見た客たちは、ちょうどそんな気分でスレイドの糾弾に加わり、やがて、今回の件は、スレイドにはまったく分がない事件であるかのような様相を呈し始めた。主人自身、逮捕直後の刑事犯のように怯えた様子だった。

「見通しは暗いな、間違いない」とひとりが言った。

「まったくだ。コートをやると言われても、身代わりにはなりたくない」別の男が言った。

「コートだって。いやいや、持っている衣装を全部くれてもいやだね」と三番目の男。

「ついでに、店をくれると言っても駄目だ」四番目が言った。

「明らかに殺人罪になるだろう、間違いない。刑罰はどのくらいかな」

「懲役二年から十年だろう」直ちに答える声があった。

「五年くらいの刑になるんじゃないかな」

「いや、二年以上にはならんだろう。悪意の立証は難しいだろうからな」

「さあ、どうかな。スレイドがあの子に悪態をついて、脅かすのを何度も聞いたことがあるぞ。あんたはどうだい」

「そうだ」「うん」「俺も聞いたぞ」といった声が酒場を駆け巡った。

「今すぐ縛り首にでもしてくれ」スレイドは笑い飛ばすふりを装った。

ちょうどそのとき、背後のドアが開いて、彼の妻の不安な顔が現れるのが私の目にとまった。彼女が夫に何かささやくと、夫は小さな驚きの声をあげ、すばやく酒場を出て行った。

「どうしたんだ」客たちは互いに尋ねあった。

「メアリー・モーガンが死んだっていう知らせじゃないのか」

「死んだとかなんとか聞こえたが」カウンターの近くに立っていた男が言った。

「フランク、何があったんだ」父親が出て行ったドアから代わって入ってきた息子に数人が尋ねた。

「メアリー・モーガンが死にました」と息子は答えた。

「かわいそうに。かわいそうに」一座のひとりがこの予想していなくもなかった知らせに心底から悔やみのため息をついた。「これで、あの子の苦労も終わりというわけか」

その場に居合わせた誰もが悔やみや同情の言葉を発したが、ハーヴェイ・グリーンだけは例外だった。彼は肩をすぼめ、まるでそうするのが分別あるものの務めといわんばかりにあざけりと冷淡さを顔に見せていた。

「おい、みんな」とひとりの客が呼びかけた。「気の毒なモーガンのかみさんに何かできないかな。香典をみなで出すってのはどうだ」

「そりゃいい」すばやい反応があった。「俺は三ドル出せるぞ。ほら、ここにある」

と言いながら男は金を出し、カウンターの上に置いた。

「私の五ドルもそれに加えてもらおう」私はすばやく前に進み出て最初に出された金の横に五ドル紙幣を置いた。

「ここにも五ドルある」と三番目の客が言った。そんなふうにしているあいだに、モーガン夫人救済のための募金は三十ドルに達した。

「誰に届けてもらおうか」という問いかけが発せられた。

「スレイドの奥さんではどうだろうか」と私が提案した。「私の知るかぎりでは、今晩モーガンの奥さんと彼女はずっと一緒だったようだ。きっと奥方が何を必要としているかが分かっておられるだろう」

「まさにうってつけの人だ」という声があがった。「フランク、おふくろさんに、われわれに用があると伝えてくれないか。談話室までご足労願えないかと尋ねてくれ」しばらくして、息子が戻り、母親は隣室でお目にかかりますと伝えたので、われわれはみんなで部屋に入っていった。スレイド夫人はランプが灯っているテーブルのそばに立っていた。目は赤く、顔は悲しみと苦悩の表情におおわれていることに私は気づいた。

「今聞いたばかりだが」とひとりの男が言った。「メアリーが亡くなったそうですね」

「ええ、そうです」夫人は悲しみに沈んだ調子で答えた。「今、あの子の家から帰ったところです。かわいそうに。あの子はこの邪悪な世界から消えてしまったのです」

「たしかに、あの子にとっては邪悪な世界だった」

「そうです。でも、その邪悪なる世界の真っ只中で、あの子は本当に慈悲深い天使のような子でした。死ぬ間際になってもあの子が考えるのはみじめな父親のことばかり。いついかなるときでも、父親のためなら、あの子は喜んで命を投げ出していたでしょう」

「母親もさぞや心を痛めているに違いあるまい。メアリーは生き残った唯一の子供だったからな」

「でも、メアリーが亡くなったことはあの人にとっては天の恵みかもしれません」

「それはまたどうして」

「メアリーの今際《いまわ》の際《きわ》に父親が、金輪際お酒は飲まないと真面目に誓いを立てたのです。それだけがあの子の悩みでした。臨終の床に刺さった棘のようなもの。それを彼が抜いてやったので、あの子は父の胸に体を委ねながら眠りについたのです。ああ、みなさん。あれほど心に染み入る光景を見たことはありませんでした」

　居合わせた全員が深く感動した様子だった。

「気の毒な夫婦だ」

「本当に気の毒です」スレイド夫人は答えた。

「モーガンの奥さんのためにわれわれは香典を集めたんだ。ここにその金が三十ドルある。スレイドの奥さん、ここはひとつ奥さんのお手を煩わせてもらえないだろうか。奥さんが一番いいと思う方法で、何かしてあげてくれ」

「みなさん、なんて嬉しいことを」歓喜の光がすばやくスレイド夫人の顔に浮かんだ。「不幸なあの方にかわって、みなさんの善意あふれるご好意に対し、心から感謝申し上げます。みなさん方にとっては大したことではないかもしれませんが、あの人にとって計り知れない助けとなります。あの人のご主人は、きっと人生をやり直してくれると信じていますし、今よりもっとよい働き口を見つけるまでのあいだ、この願っても無い援助が生活の支えになるでしょう。ああ、みなさん、どうぞ、力を合わせてジョー・モーガンを助けてやってください。いまやあの人は考えをあらためました。死にゆく子供にした約束を守って、人生をやり直すつもりなのです。どうか、救いを差し伸べようとなさったみなさんのお心で、さらにあの人を見守り、もし、道を踏み外しそうになったら、あの人を優しく導いてもとの正しい道へ連れ戻してやってください。絶対に、そうです、絶対にお酒を飲まそうとなさらないで。もしあの人がお酒を飲みたくなって道を誤りかけたら、その手からグラスを取り、みなさんの持てる力で説得して、誘惑の場から立ち去るようにさせてください。差し出がましいことを申してすみません」

スレイド夫人はわれに返り、顔を赤らめながらこう付け加えた。「感情が高ぶって思わずしゃべってしまいました」

それから彼女はテーブルに置かれていた金を取り、ドアのほうへ向かった。

「よくぞおっしゃった、奥さん」と誰かが言った。「わしらの義務を思い起こさせてくださったことに感謝します」

「もう一言だけ。正直な思いを申し上げますので、どうぞお許しを」とスレイド夫人は言ったが、口をついて出る言葉は震えていた。「みなさん、これだけはどうしても言わずにおれません。ジョー・モーガンが長きにわたって歩んできた道に、みなさんの中で入ろうとされている方がいないか考えて欲しいのです。あの人を助けてほしい、それは間違いありません。だけど、みなさん方ご自身もあの人の轍《てつ》を踏まないでいただきたいのです」

こう言って、夫人はすばやくドアから外に姿を消すと、ドアが閉められた。

「あの人の亭主はどう言うだろうかなあ」一同がしばらく驚いたまま沈黙していると、

こう発言するものがいた。

「あいつがなんと言おうと知ったことか。だが、わしの考えを言わせてもらおう」と切り出したのは、以前から相当の酒飲みだと私には思われた男である。「あの人はとても大事な忠告をしてくれた。で、このわしはそれを有難く受け入れることにする。ジョー・モーガンを助けてやろうと思うし、わし自身も救いたい。あの人が言った道にわしはすでに入り込んでおるが、引き返そうと思う。だから、みんなともこれでおさらばだ。サイモン・スレイドが今後わしの六ペンスを稼げなくなったとしても、奥方には感謝してもらいたいものだ。素晴らしい人だよ、あのお方は」

そう言って男は帽子をかぶると、その場をあとにした。

これがお開きの合図となったかのように、一同は部屋を出て、酒場へではなく、玄関口へ向かい、ドアから正面に突き出したベランダへと退出した。酒場が閉められた後、死んだような沈黙が建物中を支配した。その晩、私はスレイドの姿を見なかった。翌朝早くに私はシーダヴィルを立ち去った。そのとき駅馬車のドア越しに私を見送って旅の無事を祈ってくれた主人の顔は、まことに重々しく見えたのである。

第五夜　酒場経営の顚末

仕事で再びシーダヴィルを訪れるまでほぼ五年近くが経過していた。その間、何が起こったのかほとんど知らなかったが、ただ、モーガンの娘を死にいたらしめたことで、サイモン・スレイドが故殺の嫌疑で起訴されたことは聞き及んでいた。ところが、彼は裁きの法廷に立つことはなかった。というのも、ライマン判事が事件をもみ消してしまったのだ。村人たちの話によると、判事は必要以上にスレイドに肩入れしていたそうである。とりわけ、公務遂行にあたり、微罪でとがめられた罪人に過度な憤りをたびたび示していた人であっただけに余計その印象が強い。私のライマン判事の印象もよいものではなかった。冷たく利己的で世事にたけた策士という印象だった。彼が無節操な政治屋であるということは、私の目には明らかなことであって、それは、酒場に集まる酒飲み連中に交じって彼が言ったりしたりすることを一晩観察するだけですぐに分かった。

御者がラッパを陽気に高らかに鳴らすなか、馬車は村に入ったが、あちこちの懐かしい光景が目に入る。と同時に、さまざまな変化のありさまが見て取れた。ちょうど馬車はエレガントなハモンド判事の家の前を通りかかった。シーダヴィルでもっとも美しく洗練された家である。少なくとも、前回訪れたときの評判はそうであった。しかし、建物と周囲の環境に目をやるなり、私には変化の兆候が感じ取れた。それはたんに時のなせる業なのか。それとも、郊外のもっとエレガントな家のたたずまいに馴染んだせいで、心の中で無意識に比較した結果、目の前の光景がそう映ったのだろうか。はたまた、洗練を司る手に待ったがかけられ、荒々しい怠慢の指がなんの邪魔もされずすべての上に醜い跡を残すことになったのか。

そんな疑問を感じていたとき、建物の広いポーチに男がひとりいることに気づいた。ポーチの柱は太く、上部には見事なコリント式の装飾が施され、ギリシャ神殿を思わせるような外観だった。男は柱のひとつにもたれかかっていた。帽子を脱いだ頭からは長い白髪が首と肩まで伸びていた。頭を胸のほうに垂れた格好で、物思いにふけっているかのようだった。ちょうど駅馬車が前を通り過ぎたときに彼が顔を上げ、変わり果てた容貌がハモンド判事のものであることを認めた。血色はいぜん良かったものの、顔はやつれ目はくぼんでいた。顔の一筋一筋には苦悩の跡が刻まれていた。苦悩、いや、この言葉では私のいわんとすることはきわめて不十分にしか伝わらないだろう。

ああ、一目見ただけで、その苦しみが見る者の目には露わになるのだ。まるで嫌な臭いの花を踏みつけないように、時の足取りが注意深くそこに軽く触れたというのではなく、むしろ重々しい鉄の踵で踏みつけられたかのようだった。それは一目で見て取れた。とはいうものの、勢いよく疾駆する駅馬車がシーダヴィル随一の金持ちの変わり果てた邸宅の前を過ぎてどんどん私を運んでいったものだから、家の主の姿は私の心の中にほんの一瞬立ち現れたにすぎないのだが。しばらくして、御者は「鎌と麦束亭」の前で馬車を止めた。馬車から下りると、丸々と太ってがさつな赤ら顔の男が私の手を取り私の名を呼んだが、彼がしゃべりだすまで、私にはサイモン・スレイドだと分からなかった。初めて会ったときの印象と今の姿を思わず心の中で比べてみぬわけにはいかなかったし、そっと次のような独り言を言わずにはおれなかった。

「これが酒場経営の行き着くところなのだ」

「鎌と麦束亭」のいたるところに目立った変化が見られた。宿屋自体、次々と建物や部屋を建て増したために大きくはなっていたが、それに比例して粗雑さが増していた。建てられた当初、すべての戸は白く、また、鎧戸《よろいど》は緑に塗られ、建物は落ち着いた、上品さすら感じられるほどであった。ところが、その白や緑色が黒ずんで汚らしい茶色に変色しており、私の目にはとりわけ見苦しく映った。酒場も拡張され、磨き上げられた真鍮《しんちゅう》製の棒状の手すりがカウンターを飾っていたし、鏡の数々や鍍金《ときん》装飾などの雑多な飾り物が酒場の背後の棚にしつらえられていた。壁には絵が掛けられていた。といっても、粗野な色調の石版画であって、画題は猥褻《わいせつ》とまではいえないにせよ、けばけばしく下品なものだった。酒場の隣にある談話室のほうはというと、調度品にさしたる変化はなかったものの、状態はおおいに違っていた。カーペット、椅子、テーブルなどは同じ物が使われていたが、見かけはまったく別物のようだった。部屋にはむっとした、異臭漂う空気がよどんでいて、どうやら一週間ほどきちんと箒もはたきもかけていない様子だった。

酒場には若いきびきびしたアイルランド人の男がいて私に宿帳を渡してよこした。私が自分の名を記入すると、男は私が泊ることになっている部屋へトランクを運ぶようにポーターに指示した。私はポーターのあとについていったが、案内してくれたのはこれまでの滞在で私が使っていた部屋だった。この部屋も、また、あきらかに変化の兆しが見て取れた。だが、もちろん、よい変化ではない。かつては、この部屋はこのうえなく清潔で気持がよかった。シーツや枕カバーは雪のように白く、家具は磨かれて光り輝いていた。ところが、今や、すべてがすすけて埃っぽく、空気は汚く、ベッドのシーツとカバーはまるで屑布同様に黄ばんでいた。カーテンは掛かっていても、窓から入る光を和らげることはなかったし、鎧戸《よろいど》が太陽のまぶしいきらめきを防ぐこともなかった。というのも鎧戸《よろいど》の板が何枚か壊れていたからである。むっとする臭いとあらゆるものが薄汚れた様子を前にして、私は嫌悪感に打ちのめされる思いだった。そこで、顔と手を洗い、衣服の埃を払ったあとで、私は階下へ降りていった。談話室も客室と似たり寄ったりのありさまだったので、私はベランダに出て椅子に座った。すでに何人かがそこでくつろいでいたが、この男たちは上機嫌で屈強な、だが、怠け者たちであり、できることなら、働くよりこうしてのんびりしていたいと願う連中らしかった。そのうちのひとりは椅子を建物の壁にもたせかけ、脚をぶらぶら動かしながら「故郷の人々」という歌を口ずさんでいた。もうひとりは椅子に馬乗りになり、背もたれにあごを乗せ後ろを向いていた。心も体も怠けきって動くことも歌うこともできない様子である。三人目は椅子からずり落ちて、座部に背中を当てがいながら、両足を頭より高く、ベランダを支える柱のひとつに乗せていた。四人目の男は長椅子に大の字になって寝ており、顔にかぶせた帽子でうるさくまといつく蠅から身を守っていた。

彼らのあいだに座ったとき、眠っている男以外のみんながいぶかしげに私を見たが、姿勢を変える者はいなかった。眼球がほんのわずか動いただけだったが、彼らにとっては、それで十分だったのである。

「おやおや、あれは誰だ」と一座のひとりが突然叫んだ。ちょうどそのとき、ひとりの男が一頭立ての馬車で前をすばやく通過したのである。叫んだ男は、じっと道路のほうを見て、ひずめと車輪が巻き上げたもうもうたる埃越しに、目の前を勢いよく通過していった人物を見極めんとした。

「俺には見えなかったが」寝ていた男が身を起こし、目をこすりながら道路のほうを眺めた。

「マシュー、あれは誰だったんだ」アイルランド人のバーテンダーが戸口のところにやってきていた。

「ウイリー・ハモンドです」というのが彼の答えだった。

「ああそうだったな。あれが三百ドルで買ったという馬か」

「そうです」

「たいしたもんだ。すごい馬じゃないか」

「そうだろう。若い主人と同じぐらい速い」

「とんでもない」男たちのひとりが笑いながら言った。「ハモンドを負かせるものはこの世にはいないさ。あいつの早業は完璧だ」

「そうかね。まあ、おまえさんがなんと言おうとも、あいつは最高に気立てのいい男だし、心の広さときたらむしろ欠点と言えるほどだ」

「その点は、あの子の父親が賛成するでしょう」とマシュー。

「間違いない。親父さんが請求書の面倒を見なければならんからな」との声があがった。

「親父が好むと好まざるとにかかわらず、そうだとも。どうやら、ウイリーのほうが親父に対して上手を取ったようだな」

「どんなふうに」

「製粉所も蒸留工場も『ハモンドと息子』という社名がついているだろう」

「それは分かっているが、それがどうしたと言うんだ」

「ウイリーは実業家にされてしまった。うわべだけのね。それというのも、父親の考えでは、責任ある立場を自覚させることで彼を飼いならそうとしたようだ」

「飼いならすだって。とんでもない。仕事だけで彼を飼いならすなんて無理さ。止め轡《くつわ》を与えるのが遅すぎたんだ」

「そのことを知って親父さんが悲しんだようにな」

「マシュー、もう彼はここへは来ないんだろう」

「誰がですか」

「ハモンド判事だよ」

「ええ、来ませんとも。あの人とスレイドの旦那は一年ほど前にかなり激しい口論をして、それ以来、ここへは来ておられません」

「口論の種は、ウイリーと――」話していた男は名前を言うことはせず、心得顔にウインクをし、顔を家の戸口に向けて、スレイド家の誰かが話題になっていることを示唆した。

「そうなんだと思いますが」

「ウイリーは本当に彼女が好きなのか」

マシューは肩をすぼめるばかりで返事がない。

「あの子はいい娘です」小さな声で答えがあった。「どう見ても、ハモンドの息子に十分つりあうだけの娘です。でも、もしあの子が私の娘なら、あいつのそばにいさせるよりは、どこか辺境の地にでも追いやりたいですな」

「ウイリーは金をたっぷり持っているから、女王さまの暮らしができるだろうよ」

「どのくらいのあいだ、それができるものやら」

「しっ」という音がマシューの口からもれた。「あの子がやってきた」

顔を上げると、家から少し離れたところに若い女性が近づいてくる姿が見られたが、愛らしい控えめな顔立ちにフローラ・スレイドだと分かった。五年のあいだに彼女は美しい女性へと成長していた。父親似の特徴も彼女にあっては品よく見えた。やわらかで純な目は、私が最初、十六歳の彼女に会ったとき、父親が誇りと愛情を声にこめて「わが娘」と言ったときのままであった。よく見ると、彼女にも、もの思いと悩みの跡は見えたが、それは彼女の顔立ちをいっそう魅力的にするばかりであった。彼女が知った顔ぶれに微笑み、軽く会釈すると、みな、敬意の念を浮かべるのを私は見逃さなかった。

「あの子はいい子だ。間違いない。掃き溜めに鶴といったところだろうな」という声が、彼女が家の中に入ると発せられた。

「ウィリー・ハモンドにはもったいなさすぎると思います」マシューが言った。「みんなはあの人を賢くて寛大だと言ってはいますが」

「私に言わせれば」と応じる声があった。「あの子はまるで天使みたいに純粋で気立てのいい子だ。ところが彼のほうはどうだ。はっきり言って、あの男はよく分からないところがある。世の中のことを知りすぎているというか、それも悪いほうをね」

スレイドがやってきたので、その話は打ち切られた。もう一度スレイドの様子をじっくり見ても、最初の不愉快な印象が消えることはなかった。あきらかに人相が悪くなっており、下品で享楽的な様子も見えた。私のそばに座った彼の吐く息は大量かつ常習的酒飲みの臭いがしていた。そして、赤く潤んだ目が、疑いようなく、彼が筋金入りの依存症者が置かれた悲しい状況へ急速に向かっていることを物語っていた。ろれつも回らず、それもまた悪しき進行を確実に示していた。

「今日の午後、フランクの姿は見かけたか」二言三言私たちと言葉を交わしたあとで、彼はマシューに尋ねた。

「いいえ全然」バーテンダーは答えた。

「ここへ来るときにトム・ウイルキンスと一緒にいるのを見たぞ」先ほどベランダに座っていた男が言った。

「いったい息子はトム・ウイルキンスと何をしていたんだ」とスレイドはいらいらした声で言った。「あの男は息子の仲間の中でもあまり上等な手合いとは思えんからな」

「鉄砲撃ちさ」

「鉄砲撃ちだって」

「そうさ。ふたりとも鳥撃ち銃を持っていたよ。俺は少し離れていたので、どこへ行くのかは聞かなかった」

これを聞いてスレイドはおおいに困惑した。しばらく独り言をぶつぶつ言ったあとで立ち上がると、家のほうへと姿を消した。

「気分次第で、スレイドにもうちょっと教えてやってもよかったんだが」先ほど、フランクがトム・ウイルキンスと一緒にいたと証言した男が言った。

「もうちょっとってなんですか」マシューが聞いた。

「二輪馬車も関わっていることと、シャンパン用のバスケットかな。バスケットの中身がなんであったかはご想像にお任せするがね」

「誰の二輪馬車だい」

「それについてはまったく分からない。だけど、日没までにライトフットという馬の価値が百ドルかそこら目減りしていなかったら、俺のことをインチキ呼ばわりしてもかまわないぞ」

「まさか」信じられないというそぶりでマシューが言った。「フランクがそんな馬鹿なことをするはずがない。それに、ライトフットはあと一月は馬車など引ける状態にないんですよ」

「そんなことは知らん。ともかくあの馬は外に出ていた。それに、あの馬が馬車を引く様子ときたら、機関車も霞んでしまわんばかりだった」

「どこで馬を手に入れたんだろう」

「この一週間ほど、あの馬はメイソン橋そばの六エーカー草原にいましたよ」とマシューは答えた。「そうですね、私に言わせれば」と彼は付け加えた。「フランクは紐でつるしてムチ打ちのお仕置きをしてやらねば。あんな悪がきは見たことがありませんよ。怖いもの知らずで、ためになることなど何ひとつしない。あの子は今まで見たなかで最悪の子です」

「あいつに面と向かってあの子なんて言うと、おまえさんにとってろくなことにならないんじゃないかい」男たちのうちのひとりが笑って言った。

「いずれにせよ、あの子に意見したいなどとは思いません」マシューは答えた。「もし本気で口論を始めたらやっかいなことになるでしょうから。そんなことをしたら、まず間違いなくこの一家はばらばらになるでしょうね。だから、私はあの放蕩息子にできるだけ近づかないようにしているんです」

「どうして父親は仕事につかせないんだ。今みたいにぶらぶらしていたら落ち目になるだけじゃないか」という者がいた。

「一、二年酒場を任せていました」

「そうだったな。酒の調合がうまかった。だが――」

「彼自身、お客さんになっていたってわけか」

「そのとおり。十五歳になる前に、おろかな酔っ払いになっていたというわけさ」

「とんだことだ」私は思わず叫んでしまった。

「でも本当だよ」男は私のほうを見て言った。「今までそんな話は聞いたことがない。でも、それだけじゃない。おそらくご承知だろうが、酒場での会話というのはあまり品のいい、世間に胸を張れるようなものではない。私など息子にはあまり聞かせたくない代物だ。ところが、あのフランクときたら、なんにでも聞き耳を立てて、すぐに俗っぽい汚らしい言葉を使うようになってしまった。私だって聖人君子にほど遠い身ではあるが、それにしても、あの子の悪態を耳にしただけで血も凍る思いだよ」

「母親がお気の毒だ」私は言いつつ、自然に思いはスレイド夫人のほうへ傾いた。

「そうだとも」という声が上がった。「シーダヴィルでもっとも悲しい思いをしている人だ。はっきり言って、サイモン・スレイドが製粉所を売って宿屋を建てたときから不幸が始まったのだ。あの人はそもそも、そのことに反対していた」

「そうじゃないかと思っていたよ」

「そうなんだ。俺の女房はあの人と年来のつきあいをしている。というより、まるで姉妹のような関係といったほうがいい。忘れもしない、製粉所が売りに出されたころ、あの人がうちに来て、心も裂けよとばかりに泣いていたな。この先、苦労して悲しい思いをするに違いないって言ってた。宿屋経営なんていやしい職業だといつもあの人は思っていたし、まっとうな製粉業者から、あの人いわく、ぐうたらな宿屋の主人に変身するのは、恥ずべきことに映ったのだ。その点に関し、宿屋経営がほかのどんな職業と比べてもきわめてまっとうな商売だということをあの人に説得しようと議論したことをよく覚えている。でも、まるで暖簾《のれん》に腕押しだった。以前は感じがよくて楽天的で陽気な奥さんだったのが、以来、顔に真の笑みが浮かぶのを見たことはない」

「男にとってはおおいなる損失じゃないか」と私は言った。

「何がだって」彼は聞いたが、私の言う意味をはっきりとはつかみかねたらしい。

「奥方の陽気な顔さ」

「あの人の顔は心を映す鏡にすぎない」

「それならなおさら悪い」

「まさにそう。そう、確かに、失ったものは大きい」

「引き換えにあの男は何を得たというんだ」

男は肩をすぼめた。

「いったい何を得たんだね」もう一度私は尋ねた。「きみには分かるかね」

「まずひとつには、金ができた」

「それで、より幸せになったというのか」

男はもう一度肩をすぼめた。「そうは言いたくない」

「どれくらい金持ちになったのだ」

「そりゃ、随分だよ。つい昨日も誰かが言っていたが、少なくとも三万ドルの資産は持っているようだ」

「本当に。そんなに金持ちなのか」

「ええ」

「どうしてそんなに急に金が貯まったんだ」

「この酒場は大繁盛してるからね。ご承知のように、実入りが多いんだ」

「六年間でずいぶん多くのアルコールを売ったに違いあるまい」

「おっしゃるとおり。こう言っても間違いじゃないと思うが、『鎌と麦束亭』が開業してこのかた六年間に、この村でそれ以前の二十年間で消費された以上のアルコールが飲まれたんだ」

「いや四十年だ」私たちの会話を聞いていた男が言った。

「それなら四十年としておこう」男は応えた。

「だけども、この宿屋が開業する前にほかにも居酒屋はあったんだろう」と私は聞いた。

「それはそうだ。しかも、酒が買える場所はほかにもあった。だけどもみんなが粉屋のサイモン・スレイドに好感を抱いていた。粉屋としての腕もいいし、陽気で社交的で話上手だし、近づきになった者をいい気分にしてくれた。だから、彼がこの宿屋を建て、今までこの辺りじゃ見たこともないくらい素晴らしい内装を凝らしたときには、みんなの語り草になった。ハモンド判事、ライマン判事、ウィルソン弁護士といったこの辺りの名士たちがみなこの新しい店を贔屓《ひいき》にしたわけだ。すると、もちろん、ほかの人たちも右にならえ。そんなわけで、大繁盛にいたったという次第だ」

「たしか新しい宿屋ができた当初はシーダヴィルに旋風を巻き起こすと思われていたのではないかな」と私は言った。

「そのとおり」男は笑いながら答えた。「で、実際そうなった」

「どういう点においてだね」

「そりゃいっぱいあるよ。おかげで金をもうけた者もいれば、金を無くした者もいる」

「誰が被害をこうむったのかね」

「そんなのは何ダースもいるよ。酒場経営者がいい商売をして金儲けをしたら、その分、多くの人間が貧しくなっていくということは、常にしごく当然の事実だ」

「いったいそれはどうして」私は男がその話題について合理的な説明をしてくれるのを聞きたいと思った。男は見てもわかるほどに、酒場の模範的な客という風情だった。

「あの男はみんなが裕福になるようなんの貢献もしていない。何を生産するわけでもないし、客から金を巻き上げても代わりに価値あるものを渡すわけでもない。動産であろうが不動産であろうが、資産といいうるものを何ひとつ与えるわけではない。酒場の取引において、彼が富んだ分、まさに、客たちはその分、貧しくなるんだ。そうじゃないか」

私はすぐにそれが正しいと同意したうえで、なおも聞いた。

「とくに誰が損をしたというのかね」

「たとえば、ハモンド判事がそうだ」

「そうかね。私はまた、この店が作られたために彼の資産価値が著しく増大して、おおいに金銭面のうまみを得たと思っていたが」

「店の開業に伴って、通りに面した資産の価値がわずかに上がったし、ハモンド判事も恩恵に与った。利害関係のある連中はうるさく騒いだもんだ。だけど、それほどたいした額ではなかったと思う」

「何が原因で判事は金を失ったのかね」

「だから、言ったように、この店の開業だよ」

「それがどんなふうに影響したというんだね」

「土地の値上がりが期待できると踏んで、あの人はスレイドを最大級に支持した。シーダヴィルでもっとも野心的な事業家のひとりだと言ってみたり、村の恩人だとかなんとか持ち上げたりしていたよ。あの人は、スレイド支持者のよき見本を示そうとしてか、毎日やってきてはブランディのグラスに口をつけ、ほかのみんなにもそうするよう勧めていた。その見本に倣った者のひとりが息子のウイリーというわけだ。はっきり言って、この界隈二十マイル四方のどこを探してもウイリーほど立派な若者はいないし、あの子ほど前途洋々たる若者はいなかった。ところがそこに、このおぞましい――」男はそこで声を落とし、辺りを眺め回したのでスレイドの酒場のことを言っているのがすぐに分かった。「店ができたのだ。それからというもの、彼ほど無謀に破滅へとひた走るものはいなかった。そうなってやっと、父親が息子の堕落と、いかに危険な仲間と付き合っているかに気づいたというわけだが、もう手遅れだ。親父さんが昔スレイドが持っていた製粉所を買いとって蒸留酒工場にしようとしたのにはふたつの理由がある。もちろん、建て増しをしたり、機械類、蒸留装置を備えるためには多額の出費を迫られる。それでも、投資を決意させたのは、とりわけ蒸留酒製造で金が儲かるという見込みと、息子のウィリーをその仕事に没頭させて救いたいという期待感があったからだよ。あとの目的を果たすために、息子の事業資金として二万ドルの金を渡し、積極的に事業を管理するようにと共同経営権まで譲渡したのだが、これがまたいけなかった。その企ては結局失敗してしまったんだ」男は語気を強めて言った。「製粉所も蒸留酒工場も近々閉鎖されて売りに出されるという噂を昨日聞いたばかりだよ」

「予想どおりに儲けは出なかったのだね」

「ああ、ウィリー・ハモンドの下では駄目だ。付き合う仲間に悪いのが多すぎた。あの輩は、彼が自由になる金を持っていて湯水のごとくに使うものだから彼にひっついていたというわけさ。ウィリーは勤務時間の半分も工場にはいなかったし、いても仕事はうわの空。すでに二万ドル、いやそれをはるかに凌ぐ金を散財したと聞いたが、おそらく間違いないところだろうな」

「どうしてそんなことになってしまったんだ」

「そうだね。人の噂とは恐ろしいものだが、しかも、必ずしもでたらめばっかりでもない。ここ四、五年ほどこの宿屋にちょくちょく泊る男がいて、名はグリーンという。この男、別に何をするでもなく、このへんに友人がいるわけでもない。どこの出なのか誰も知らないし、自分のことについてはいたって寡黙な男だから、皆目分からない。ところが、ウィリーがこの酒場に出入りするようになってから、彼に目をつけたのがこの男で、すぐに親しくなってしまった。以来、ふたりがすっかり意気投合したことは誰の目にも明らかだ。昼間はほとんど毎日、遠出をしたり、狩猟や釣りに出かけたりで、夜ともなれば、どこかにふたりだけで繰り出すのが日課。村人たちは、グリーンなる男は博徒だろうとささやいているが、俺もそうだと思う。だとすれば、ウィリーが自分や父親の金を何に使うのかということについては、もはや疑問の余地はない」

私はすぐさま男の見解に同意した。

「それで、グリーンが博徒だとして」と私は言った。「シーダヴィルに新しくより魅力的な宿屋が開業した結果、彼はそのおかげで金持ちになったというわけだ」

「そうだ。それと反比例してシーダヴィルはその分貧しくなった。というのも、あの男はたとえ一フィートでも土地を買ったわけでもなければ、意味ある産業を奨励するようなことをしたわけでもない。あいつは蛭《ひる》のようなやつだよ」

「お金を吸い取る以上に悪いことだ」と私は言った。「お金を奪いながら、同時に相手を堕落させているのだから」

「そのとおり」

「ウイリー・ハモンドだけがあの男の犠牲者というのではないかもしれない」私は聞いてみた。

「俺もそう思う。かくいう俺もこの酒場へ入り浸るようになって何年にもなる。まあ、こんなことは、あまり自慢できた告白ではないが」と男はいくぶんの恥じらいを見せながら言った。「でもそれが事実だから仕方がない。まあともかく、長年、毎晩ここに来ている俺が言いたいのは、ここでの大方のことはなんでも知っているということだ。常連客の中に、少なくとも六人ほど良家の子息、大事に育てられ教育もある若者たちが交じっている。あの子らがここに入り浸っていることが仲間内で内緒になっていることはまず間違いない。少なくとも、友人の中にはそのことを全然知らない者とか、考えてみたこともない者がいることは確かだろう。連中はまだそれほどたくさん酒を飲むわけではないが、みんな、一、二杯はひっかけている。毎夜、九時ごろになると、あるいはそれより早い時間であることもしばしばだが、連中は、ひとり、またひとりとそっと酒場を抜け、談話室を通って消えていく。だが、その前にグリーンとスレイドが姿を消すか、すぐあとについていくのが通例だ。夜通し、一時、二時、ときには三時ごろまで、ある部屋の窓に引かれたカーテンの切れ目から明かりがこぼれている。それこそあのハーヴェイ・グリーンの部屋だよ。今言ったことが事実であって、ここからどういう結論になるかはお分かりだろう。由々しき事態だと思うよ」

「スレイドはどうしてそれらの若者たちと付き合うのかね」私は尋ねた。「彼も博打をするのかい」

「ハーヴェイ・グリーンのためにサクラを演じていないとすれば俺のおおいなる見込み違いということになる」

「まさか、スレイドがそんな節操のないことをするなんてありえない」

「酒場経営は人を駄目にするんだよ、酒場を経営するということは」男が言った。

「それはそのとおりだ」

「スレイドが悪影響を受け始めてほぼ七年が経った。良きにつけ悪しきにつけ、七年もたてば人は多くのことを身に付けるものだ。とりわけ利害関係が絡んでいるときはなおさらそうだ」

「そうだとも」

「今回のことだってそうさ、間違いはない。サイモン・スレイドは七年前とは人が変わってしまった。誰の目にもそんなことは明らかだ。あの男はすっかり利己的で貪欲で、無節操な激しやすい人間になってしまった。宿屋の主人のサイモン・スレイドと粉屋を営んでいたころのサイモンほど人間が変わってしまうなんてことはまずないだろう」

「それに酒にも溺れているんだろう」と私は聞いてみた。

「このところ、ちょっと度が過ぎているな」という答えだった。

「それなら、五年もすれば今の羽振りのよさは維持できまい」

「今が頂点だと考えている者もいる」

「それはまたどうして」

「ひとつには家のことをおろそかにし始めてる」

「悪い兆候だ」

「ほかにもある。今まで、いい不動産物件が何かの事情でやむなく売りに出されたときは、あの男はいつも現金で買っていたものだ。ところが、ここ三、四か月、いくつか掘り出し物の物件が売りに出されているのに、サイモン・スレイドはまったく買う気配もない。そんなことがあれこれあり、先々週など、村中に持っていた土地つきの家のうちの一軒を一年前の購入価格より五百ドル安く売り払ってしまった。実勢価格はちょうどそれだけ高いというのに」

「それはいったいどうしてなんだ」私は尋ねた。

「そこが問題なんだよ。金が必要だったのかな。もっとも、俺の知るかぎり、何に使うかは誰にも明かしてはいない」

「きみはどう思う」

「推測だが、彼とグリーンとはここしばらく一緒に狩りに出かけるなど親しくしていた。ところが、プロの博徒の本能とでも言うべきか、友人ですら鴨にしてしまったようだ。ふたりは差しで博打を打ち始めている」

「本当なのか」

「そうだとも。私の予測が正しければ、あと一年もすれば、サイモン・スレイドは今より貧乏人になるはずだよ」

　ここで、われわれの会話は打ち切られた。誰かがこのおしゃべり好きな男に一杯おごろうと持ちかけ、男は渡りに舟とばかりに挨拶もせずその場を離れたのである。

　その夜私がとった夕食は、私が初めて「鎌と麦束亭」に投宿したときとなんと異なっていたことか。テーブルクロスはたんに汚れているというより、見ていて不快を催すほど汚かった。大皿から、カップ、受け皿にいたるまで汚れてねばねばしていた。ナイフとフォークは磨かれておらず、料理もほんの数口で食べる気がしなくなる代物だった。給仕をしていたのは脂じみた顔のアイルランド人の女の子がふたり、主人も奥方も席にはいなかった。夕食の鐘が鳴ったとき私は腹を空かせていたが、食堂のこの雰囲気ですぐに食欲も失せ、真っ先にテーブルを立った。

ランプに火が灯されるとすぐに、男たちは広い酒場に集まり始める。そこには快適な椅子とテーブルがあり、新聞や、バックギャモンやドミノゲーム用の台が置かれていた。ほとんど誰もが入るなりまず酒を一杯注文する。ときにはあとからきた酒好きの知り合いに勧められて、半時間ほどのあいだに二杯、三杯と飲み干すこともある。

やってきた連中の大半は私には見知らぬ顔ぶれだった。誰か知り合いがいないものかと、連中の顔を見回していると、馴染みのあるひとりの男を見つけた。誰だったか思い出そうとしているときに、誰かが男のことを「判事」と呼んだ。

随分変わってしまってはいたが、男がライマン判事であることにやっと私は気づいた。五年のあいだに顔が無残にも変わり果てていた。以前の二倍ほどの大きさに膨れ上がっている。厚く飛び出たまぶたがとろんとした目を半分ほど隠しているし、腫れた唇と頰が享楽的な生活ぶりを印象づけていた。毅然たる人間性が今や獣じみたものにひれ伏しているといったありさまだった。彼は大きな声でもっぱら尊大かつ独断的な政治談議をしていたが、すべて過去の記憶に基づいてのものであり、誰の目にも彼の思考が現実味を欠いたものであることが分かっていた。ところがである。酒のせいで、いわば、まっとうな思考すらできなくなっていたのにもかかわらず、前回の選挙では、反禁酒勢力に担がれて楽々と国会議員の座を得ていたのである。彼は酒造家の利益擁護のための候補者だった。そして反禁酒派は容易に丸め込みやすい「無党派層」に助けられて法と秩序と禁酒、道徳の訴えを退けてしまった。ライマン判事を議員として国会へ送り出すことで、この地方は結局こう意思表示したことになる。「われらが選んだこの人を見よ。彼のなかにこの地が誇る生活原理と質の高さが示されている」と。

ライマン判事のまわりにはすぐに何人かの男たちが集まってきたが、彼は禁酒派攻撃に躍起になっていた。彼らは以前から敵対していたが、前回の選挙では急速に勢いを拡大していたのである。選挙期間中、この一派が出した新聞で、ライマン判事の人物像、倫理観などがあけすけに議論されており、もちろん、それは、まわりから一目置かれる人々のあいだで彼の株を上げる類のものでないことは確かだった。

したがって、彼が、選挙での禁酒論争がまやかしの争点だと考える立場をとったこと、すなわち禁酒派が選挙を道具に使うと人々の自由が脅かされると考えたこと、それに禁酒運動家はみな利己的な策略家であり口先だけの偽善者だと断言したことも驚くに値しない。

「禁酒の次に来るのは」彼は、ますます興奮の度合いを強め大きな声でわめいたので、部屋中に響いたその声が全員の注意を引いた。「嚙みタバコを口にしたり葉巻に火をつけたりしただけで罰金が科される法案だ。こと細かく人々の自由に干渉させたら、それで人権の保障なんてものは一巻の終わりだ。われわれの偉大な先祖が戦ったあの印紙税法も、狂信家よりなお悪いあの連中が考えている法案に比べれば、圧政とはいえまだまだ軽いもんだった」

「そのとおり、判事殿。これまでのことは知らねえが、（ういー）その点だけはあんたが正しい」よれよれの格好をした男が判事のそばに立って、親しげに判事の肩を叩きながら言った。「あの連中は何をするか分からん。俺の叔父さんのジョッシュ・ウイルソンなんか、（ひっく）十年間、救貧院の厄介になってんだけど、連中は、もしボルトン郡の選挙で勝ったら叔父さんを追い出すって言ってやがる」

「もしそうなったら厄介なことになるぞ、ハリー」とライマンは言った。「あいつらに勝たせてはいかん。そのことでは、ひとりひとりが国家に対して義務を負っているのだし、その義務を果たさねばならんのだ。だが、あの連中はジョッシュ叔父さんとやらになんの恨みを持っているのかね。あの正義面した政党に叔父さんは何をしたというのだ」

「個人的な恨みつらみ（ひっく）じゃないと思うよ。ただ、あの連中はこの郡に救貧院は置かないということを言っていやがる」とある男が言う。

「なんと。あわれな男たちを路頭に迷わせる算段か」

「まさか（ひっく）」と言って男はにやっと笑ったが、なかば狡猾なかば棘のある表情だった。「そこまではまさかね。だが、やつらが勝ったら、救貧院は必要なくなる。少なくとも、あの手合いはそう考えているし、それには一理あるかもしれん。だって、救貧院の世話になる連中ときたら、みんな酒のせいで（ひっく）貧乏になったもんばかりだしな。だけど、俺はその点については救貧院維持派だ（ひっく）。俺だって同じ道をたどって行き着く先に（うぃー）居心地のよいところが欲しいしさ、ジョッシュ叔父さんにもいてもらいたいしな。まあ、ともかく、次の選挙じゃ、俺様の票は間違いなくあんたのもんだよ」そう言って男は大きな手で再び判事の肩を叩いた。「酒飲み万歳。それがモットーだ。ハリー・グライムズは決して友を見捨てたりせん。天地神明にかけてもな」

「きみはいいやつだ」ライマン判事はいくぶん親しみをこめて言った。「救貧院とジョッシュ叔父さんのことは心配せんでいい。大丈夫だ」

「でもねえ、判事殿」と男は続けた。「救貧院だけの話じゃないんだよ。刑務所がその次になくなるというんでさあ」

「なんと」

「そうなんだ。そういう話でさ。それに、まんざら無軌道な話でもない。だって、人が刑務所に入る理由はなんだ。あんたは長年判事をしていて、その点についちゃ詳しいはずだ。罪人の多くが酒飲みじゃなかったのかい（ひっく）」

しかし、判事は何も答えない。

「黙っているのは（ひっく）イエスということだな」グライムズは続けた。「まだあるよ。連中は自信満々なようだが、ひとたび多数派になったら、裁判所も廃止するらしいぜ。判事や弁護士の方々は餓死するか、よりよい転職先を見つけるということになるな。だから判事殿（ひっく）、あんたの特権も危機に瀕しているというわけだ。だけど、頑張ってくれよ。もし負け戦になるとしても（ひっく）、立派に戦死してもらいたいもんだ」

ライマン判事が男の分析をどのように理解していたかはにわかには判別し難かった。彼は選挙の修羅場をくぐり抜けてきた熟練政治家であり、その種の話題に感情をむき出しにして票を失う危険をおかす男ではなかった。ハリー・グライムズの票も貴重な一票であり、しばしばたった一票が選挙を左右することだってある。

「連中の得意ネタだな」彼は笑って言った。「だが、わしほどの古狸にもなると、そんな議論の浅薄さはお見通しだ。貧困と犯罪は腐敗した心から起こるもので、酔いどれ人生に踏み出すとうの前から下地はできているものさ。問題解決を約束することは簡単だ。原因をつきとめ、結果へといたる道をたどるのはごく少数の人間だけだから」

「酒と身の破滅（ういー）。これは原因と結果じゃないのかい」グライムズが聞いた。

「ときにはその場合もある」なかば無理やり言わされたように判事が答えた。

「おや、グリーンじゃないか。きみだろう」判事が叫んだのは、ハーヴェイ・グリーンが猫のようにそっと入ってきたときだった。判事はあきらかにこのなれなれしい有権者の友人を厄介払いできるチャンスができたことを喜んでいた。

私はグリーンに目を向け、彼の顔を仔細に眺めた。変わってはいなかった。以前同様、冷たく悪意に満ちた目。あの輪郭のはっきりした口許に見られる硬くかつ狡猾な表情。歯をむき出しの笑い。顔の造作が心に深く染みついた利己的な性格を表している。この五年間酒に溺れていたとしても、それは彼の血を凍らせてもいなければ、ほんの一度でも心の温度を上げてもいなかった。

「今夜、ハモンドを見かけたかね」ライマン判事は尋ねた。

「一時間か二時間ほど前に見かけた」とグリーンは答えた。

「新しい馬を気に入ったのか」

「そりゃ大喜びだ」

「いくらで手に入れたんだ」

「三百ドルだ」

「たいしたもんだ」

判事は立ちあがり、グリーンと並んで酒場の中を歩いた。

「きみと少し話がある」ライマンがそういうのが聞こえた。それからふたりは姿を消し、その晩、ふたりの姿はそれ以上見かけられなかった。

ほどなく、ウィリー・ハモンドがやってきた。ああ、なんたる悲しい変化が見られたことか。まさしく、バーテンダーのマシューの言葉を裏切らない変化だった。彼は酒場に近づいてライマン判事はいるかと聞いた。返事の声は大変小さかったので私の耳には届かなかった。

ハモンドが、バーテンダーの後ろの棚に並んだガラス瓶の列へいらいらとすばやく手をかざすと、バーテンダーはブランディの入った瓶をひとつ彼の前に置いた。彼はそこからグラスに半分ほど注ぐと、水で割ることもなく一気に飲み干した。

それからさらに何事か尋ねていたが、中身は聞き取れなかったものの、どうやら相当興奮しているらしい様子が見て取れた。マシューは答えながら、目を階上にやり、どこかの部屋を指し示しているらしかった。若者はそれから急ぎ足で談話室を抜けて姿を消した。

「ウイリー・ハモンドは今晩いったいどうしたというんだい」ひとりの男がバーテンダーに聞いた。「あんなに急いで誰を探しているのかな」

「ライマン判事に会いたいそうです」

「ああ、そうか」

「どうせろくなことは企んでいないでしょう」

「きっとそうだとも」

そのとき身なりのよい、知的な顔立ちのふたりの若者がやってきて、カウンターでしばらくマシューと親しげにしゃべりながら酒を飲み、それから談話室へとつながるドアからそっと消えていった。私はその日の午後話し相手になっていた男と目が合ったが、彼が思わせぶりな目配せをしたことで、二階の部屋のひとつで夜毎賭博が行われていること、村の前途ある青年のなかには酒場にふらふら立ち寄ったために、この悪の巣窟で身を滅ぼすものがいることを思い出した。思わず戦慄が体を駆け抜けた。

その場にいる者たちのあいだの会話は今や淫らで下品な話題ばかりで、私は耐えかねて外へ出た。晴れた夜で、空気は柔らかく、月が明るく照っていた。私はしばらくベランダを行ったり来たりしながらその夜見聞きしたことを反芻していた。その間、相変わらず酒場へ来る客の流れが途切れることはなかった。ベランダに留まるものなどあまりいない。大部分は急いで中へ入り、酒を飲み、そして退散する。まるでできるだけ他人に見られたくないかのようだった。

ベランダに出るとすぐに、私はひとりの高齢の婦人がゆっくりと店の前を歩き、途中、ほんの少し立ち止まって、明らかに酒場のドア越しに仲を覗き込もうとしていることに気づいた。立ち止まったのはほんの一瞬のことだった。十分もしないうちに再び彼女は戻ってきて、今度は先ほどより長く立ち止まり、それからまたゆっくりと歩いていき、やがて見えなくなった。彼女のことに思いをめぐらせていたとき、ふと目を上げると、十数メートル先のところで、彼女が再びこちらへ進んでくる姿が目に入った。その姿に驚きびくっとしかかったが、心の中で、この人は苦悩で震える母であり、危険な道を歩む迷える息子を捜し求めている女性なのだと確信した。私の姿が見えたために、彼女は立ち止まりもできず、やむなく前を通り過ぎたものの、ほんの少し行ったところで引き返してきた。そして、今度はいっそう店の近くに寄って酒場の様子が広く見渡せるところまでやってきた。近づいて観察できたことで満足したのか、彼女はさっきより早い足取りで帰っていき、その晩はもう姿を見せなかった。

ああ、魅力的な酒場などということを考える者たちに対し、この女性の姿以上に有効な批判がありえようか。あの見知らぬ母親が苦しみ、今後も苦しまねばならない運命を思うと私の心は痛んだ。その晩床についたあとも、彼女のうなだれた姿を頭から追い払うことはできなかった。いや、夢の中でも彼女は私に取りついて離れなかったのである。

第六夜　さらなる顚末

翌朝、店の主人が姿を見せたのは十時近くになってからであり、その顔には不摂生のかぎりを尽くした男の表情がにじみ出ていた。ハーヴェイ・グリーンが下りてきたのは十一時だった。顔には規則正しい生活を逸脱した陰はいささかも見当たらなかった。ひげをきれいに剃り、清潔なシャツを着て、穏やかな表情で、まるで良心に一分のやましさもなく熟睡しましたといわんばかりに新しい日の到来を静かに迎えている様子だった。

スレイドが最初にとった行動はカウンターの後ろに行って濃い目のブランディの水割りをぐっとあおることであった。いっぽうグリーンは、朝食にステーキとコーヒーを注文した。グリーンが現れたときのふたりの様子を私は観察した。グリーンにはわずかに構えたところがあり、スレイドには落ち着きのないきまり悪さが感じられた。両者ともに笑顔のかけらも見られなかった。ふたりはひとことふたこと言葉を交わすと、お互い反発しあうかのようにさっと離れた。その日ふたりが再び一緒にいる場面は見られなかった。

「製粉所で問題が起きているようだよ」そう言ったのは、その日の午後、商用で訪れた先のある紳士だった。彼は事務所にいた別の男にしゃべっていたのである。

「へえ、いったいどうしたんだい」

「昼に職人たちが全員解雇されて製粉所も閉鎖だそうだ」

「どうしてまた」

「そもそも赤字だったからな」

「下手な商売をしていたからね」

「そう、まったく駄目だった」

「ウイリーの責任か」

「そうさ。なんでもせっかく任された資金を情けなくも散財してしまったらしい」

「相当の金額なのか」

「そのようだ」

「いったいいくらぐらいの」

「三千ドルとも四千ドルとも言われているよ。だが、これは噂だし、もちろん誇張もあるだろう」

「そりゃそうだろう。いくらなんでも、それほどの散財はできるもんじゃない。でも、その金をいったいどうしたんだ。ウイリーは金を何に使ったんだい。確かにあいつは派手に遊びまわっている。速い馬を何頭も買いこむし、酒もおびただしく飲む。でも、そんなことで三千や四千ドルの金が消えるわけがないだろう」

そのとき、ひとりの男を乗せた二輪馬車が軽やかに疾走していった。

「ほらっ、あれがハモンドの息子ご自慢の三百ドルの馬だ」男が言った。

「昨日まではウイリー・ハモンドのものだった。だが、今は所有者が変わったということを小耳にはさんだところだよ」

「そうなのか」

「そうさ。あのグリーンとかいう男がいるだろう、ここ数年シーダヴィルをうろちょろしているろくでもない男さ。あいつが、どうやら、今日あの馬を手に入れたらしい」

「ええ。ウイリーは浮気性なんだね。あれだけ欲しがっていた馬にもう飽きたのか」

「譲渡に関してはどうも不明朗なところがあるようだ。昼前に親父さんのハモンドを見かけたけれど、すっかり狼狽していたようだった」

「もちろん製粉所のせいだろう」

「そのとおり。だが、それ以外にトラブルの種があると私はにらんでいる」

「息子のふしだらな散財癖のせいじゃないかな。あんなことをされたんじゃ親父としてはすっかり参ってしまうからね」

「はっきり言うと」と紳士は続けた。「あの息子は飲酒と怠惰以外にさらに悪徳を身につけているようだ」

「なんだって」

「賭けトランプさ」

「まさか」

「まず間違いないところさ。さらに言うと、ほんの数年前に三百ドルをはたいて買ったあの立派な馬がグリーンという男の手に渡ったのも、カード遊びで負った借金の代わりだったんだ」

「驚かさないでくれよ。そんなことなんの根拠もないだろうが」

「いや、残念ながら、おおいに根拠がある。まず、グリーンはプロの賭博屋で、あのぐうたらな粉屋がみんなを貧乏人にする事業を開始した当初から、『鎌と麦束亭』に集まるお歴々を鴨にしようとしていたことは疑いようがない。そのことと、ハモンドの息子がこのところ彼と付き合っている事実を考え合わせてみれば、ウイリーが身を持ち崩した原因は明らかだろう」

「それが本当なら」と紳士は続けたが、その顔には気がかりの色がますます濃くなっていた。「ウイリー・ハモンドだけが犠牲者ではあるまい」

「そうだ、間違いなくそうではない。もし噂が本当なら、村の前途ある青年たちが悪の渦に巻き込まれ奈落の底へと引きずり込まれつつあることになる」

これに唱和するごとく、私はスレイドの酒場の常連客とまさにその話題に関して交わした会話を披露した。

すると、それまで椅子に黙って座っていた男が立ち上がって次のように叫んだ。

「なんということだ。こんなことになるとは。無傷の子供はおらんのか」

「ひとりもおらんよ」そう答えたのは、われわれが訪ねていた事務所の紳士だった。『鎌と麦束亭』のような破滅の扉が大きく開かれているかぎり誰も無事ではおれない。

きみは前の選挙で反禁酒派に投票しなかったのか」

「したさ」というのが答えだった。「だがそれは主義で投票したまでだ」

「きみの言う主義とはどういうものか聞きたいな」

「市民の自由という原理に基づいたものだ」

「善悪いずれであれ、ひとりひとりが何をしてもよい自由というわけか」

「そんなふうに言ってほしくはないな。ある種の害悪に対しては、取締りの法律がかえって害を生じる場合だってあるだろう。この国では、市民ひとりひとりに何を食べろとか飲めとか命令する権利なんて誰にもないはずだ」

「だが、どんな社会だって、正当に選ばれた議員を通じて、公益を損なう邪《よこしま》な人間を抑える法律を作ることは許されているのではないかな」

「もちろんだとも」

「それに、若者たちが身も心も腐敗、それどころか滅ぼされる酒場の存在が公益を損なっているときみも認めてくれるね」

「うん、だが、公共の娯楽を提供する場所は必要だろう」

「それは誰も否定しない。だがよそものに供応しながらその精神の堕落を助長しているのだとすると、そんな社会は立派なキリスト教徒の社会といえるだろうか。旅人に宿と食事を提供しながら、同時に堕落へと誘うことがはたして必要なのか」

「それはそうなんだが、だけど、やっぱり、何を食べるとか飲むなどということについて立法化するというのは行き過ぎだ。そんなことをしたら狂信的な抑圧への扉を大きく開くことになる。正しい道徳として禁酒を教えこむべきだと思う。われわれは子供たちに不摂生の悪害を教えこんで、秩序と美徳と節制の実際的な伝道者として世に送り出す必要がある。そうすれば根本から社会を変えることができ、数年もすればあの有毒な飲み物を渇望する者などいなくなり、酒場も消えてなくなるだろう」

「われわれの息子たちが人生のほとんどあらゆる段階で誘惑にさらされているのだとすれば、多くの場合、きみのご高説は残念ながらほとんど効力をもたないだろうよ。何千もの若者がすでに身を滅ぼし、何千もの予備軍が倒れる寸前というありさまだ。きみのご子息しかり、私の息子だってそうだ。いつなんどき、彼らが仲間の誘いに屈して、大きく開かれた破滅への入り口をくぐるかもしれない。誘惑という邪な仕事を人々に自由にやらせておいて、それではたして賢明なよき市民といえようか。われらの子供たちを蝕み滅ぼすことで利益をあげることを奨励していいのか。われわれのまわりにある刃が、すでにかけがえのない立派な者たちを殺《あや》めているときに、人間の自由などという不明瞭な理想の前で躊躇《ちゅうちょ》していていいのか。ねえきみ、われらが美しき屋敷を荒廃させる洪水をせき止めるという作業にひるんでいるあいだにも、きみの家の戸口にはどす黒い水が押し寄せているんだ」

最後の言葉の音調にははっとさせるほどの力がこもっていた。恐怖心を煽るための言葉を投げかけられた男の顔に不安と警戒心が浮かんだことになんの不思議もない。

「それはいったいどういう意味だ」

「つまり、きみの息子さんたちもほかの者と同様に危険にさらされているということだよ」

「言いたいのはそれだけか」

「最近、きみの息子さんたちが『鎌と麦束亭』の酒場で目撃されているんだ」

「誰がそんなことを」

「私自身、この一週間で二度、中に入るのを見かけたよ」

「まさか。嘘だ」

「残念ながら本当さ。難を逃れられる者などどこにいるというのだ。われわれ自身が掘った落とし穴を覆っておけば、子供たちが落ちたとしてもなんの不思議があろうか」

「私の息子たちが酒場に入り浸るなんて」男は完全に動転していた。「そんなことどうして信じられようか。きっと何かの間違いだ」

「いや。私の言っていることは正真正銘の事実だ。君自身で酒場に行って――」

男は言葉の最後まで聞かずあわてて事務所を飛び出していった。

「自ら蒔いた種をわれわれは今刈り取っているというわけだ」興奮した友人が事務所を出ていくと同時に紳士は私のほうを向いて言った。「最初に私が予言したとおりにことは起こりつつあります。シーダヴィルにいい宿屋ができるのは村の繁栄に願ってもないことだとよく言われていました。だからスレイドが『鎌と麦束亭』を開店したときはまるで英雄扱いでした。今出ていった男も御多分にもれず主人のやる気を褒めそやしていた口です。とりわけ新しい宿屋が道沿いの土地の値をつりあげたので、彼も数百ドル儲けたというわけです。いっときなどは、このまま いけばサイモン・スレイドは村中のみんなを金持ちにしてくれると思われたぐらいでした。だが、その後の恐ろしい堕落を考えれば、資産価値が多少上がったなどということは取るに足らないことだったのです」

私はすぐに彼の意見に同意したが、それが正しいと思えるだけの事例を十分見聞していたからだった。

その夜、「鎌と麦束亭」の酒場に座っていると、明かりが灯されてすぐに、先ほどの会話で息子たちが酒場に入り浸っていると言われた紳士がそっと酒場に入ってきて、不安げに辺りを見回す姿が見られた。彼は誰とも言葉を交わさず、探していた姿が見つからないことを満足げに確認した後、外に出ていった。

「あの人は何しに来たんだ」とスレイドは言ったが、独り言とも、バーテンダーのマシューに言っているともとれた。

「息子たちを探しに来たんですよ」

「息子たちはもう親離れしていい年頃だろう」

「そうでしょうね」

「もうそうなっているさ」とスレイドが言う。

「あの子たちは今晩、ここへ来たか」

「いえ、まだです」

彼らが話している最中、昨晩見かけた若者がふたり入ってきた。ふたりとも、酒場にやって来る平均的な客よりはるかに知性と品位を備えた若者たちだった。

「ジョン」そのうちのひとりに対してスレイドがひそひそ声で話しかけるのが聞こえた。「今しがた親父さんがやって来たぞ」

「まさか」青年は驚いた、というより狼狽しているように見えた。

「本当さ。だから用心したほうがいい」

「なんの用事でしたか」

「わからない」

「なんと言っていました」

「なんにも。ただやって来て、辺りを見回して、それから出て行っただけだ」

「すごく暗い顔つきでしたよ」マシューが口をはさんだ。

「四号室は空いていますか」ふたりのうちのひとりが聞いた。

「ああ」

「ワイン一瓶と葉巻を持って来てもらいたいな。それから、ビル・ハーディングとハリー・リーが来たら、どこにいるか言ってもらえませんか」

「分かりました」とマシュー。「だけど友人からの忠告として、おとなしくしているほうがいいとだけは言わせてもらいますよ」

　ふたりの若者は急いで部屋を出た。それから間もなく、ほんの今しがた不安な顔つきで部屋中に暗雲を投げかけた紳士が再び姿を見せた。息子を探している父親だった。もう一度、心配そうに辺りを見回し、今度は落胆している様子だった。彼が入ってくるのと時を同じくしてスレイドは部屋を出ていった。

「ジョンとウイルソンは今晩お邪魔していないか」紳士は酒場に近寄りマシューに聞いた。

「ここにはいません」煙たそうなマシューの答えだった。

「今日はまだ来ていないんだね」

「いや、それは分かりません。私はついさっき夕食をすませてここに戻ったものですから」

「ほんの今しがた、あの子らがここに入るのが見えたように思ったのだが」

「ここにはいませんよ」マシューは頭を振り、断固とした口調で答えた。

「スレイドさんはどこにおられるのかな」

「家のどこかでしょう」

「ここに来てもらうように言ってもらえないか」

マシューは出ていったが、しばらくして戻ってきて主人は見当たらないと告げた。

「息子たちは本当にここにいないのだね」紳士は疑いの混じった不満そうな様子で尋ねた。

「ハリソンさん、ご自分で見てください」

「ひょっとしたら談話室かな」

「どうぞ、ご自由に」とマシューは冷ややかに言った。紳士は談話室へとつながるドアの向こうへ姿を消したが、すぐに戻ってきた。

「いませんでしたか」とマシューが聞くと、紳士は頭を振った。「ここには来ないと思いますが」バーテンダーが付け加えた。

ハリソンさん――というふうにマシューは呼びかけていた――は立ったまま、しばらく考えあぐねている様子だった。息子たちがここへ入るのを確かに見た。しかしないではないか。明らかに困惑している様子だった。ついに彼は、酒場の隅の目立たない場所に陣取り、息子たちがやってくるのを待とうとした。ほどなくふたりの若者が入ってきたが、それがたちまち彼の関心を引いた。若者たちはカウンターに近づき酒を注文した。マシューはブランディの瓶を置く際、カウンターにかぶさるようにして何事かを彼らにささやいた。

「えっ、どこに」という驚きの声をあげながら、ふたりの若者は酒場を不安げに見回した。彼らはハリソン氏の射るような視線に出くわした。おそらく、あわてて飲んだブランディの水割りを彼らはおいしいとは感じていなかったはずである。

「あの人はいったいこんなところで何をしているんだ」ひとりがひそひそ声でそう言うのが聞こえた。

「息子を追いかけてきたのさ、もちろん」

「もう来ているの」

マシューはウインクをしながら答えた。「大丈夫だよ」

「そうか、四号室にいるんだね」

「そのとおり。酒も煙草もお待ちかねさ」

「それは結構」

「だが談話室を通っていかないほうがいいよ。ふたりの親父さんが納得せずに、ここにいると疑っているようなんだ。いったん通りへ出て、玄関から入ったほうがいい」

若者たちはマシューの助言を受け入れてすぐにいったん退散した。その間、ハリソン氏の視線はずっとふたりのあとを追っていた。

一時間ほどのあいだ、ハリソン氏は同じ場所に座っていたが、辺りを仔細に観察していることは誰の目にも明らかだった。悪の巣窟ともいうべき酒場を彼が立ち去る際に、アルコール取締り法に全面的な賛成をしていないと考えたらおおいなる過ちをおかすことになる。それどころか、もし彼に権限があったならば、ものの一時間以内にこの州全体で、酒を商いできる店は一軒もなくなっただろうと私は思う。彼がまだ酒場に居残っているうちに、ハモンドの息子が姿を現した。興奮してせっぱ詰まった表情だった。彼はまずブランディを注文すると、のどが渇ききった者のようにせわしなく飲み干した。

「グリーンはどこにいる」グラスをカウンターに置きながら、そう尋ねる彼の声が聞こえた。

「夕食のとき以来見かけませんが」マシューが答えた。

「部屋にいるのか」

「そうだと思いますが」

「ライマン判事は今晩ここへ来たかい」

「ええ。例によって禁酒派を非難する弁を半時間まくしたててましたよ。それから」

マシューはそう言いながら頭を談話室へ通じるドアのほうへ向けた。

ハモンドはそのドアのほうへ行きかけたが、辺りを見回した際に、ハリソン氏がじっと見据える視線と目が合って、その瞬間、立ちすくんだ。もう一度カウンターに戻った彼は、マシューに顔を近づけて言った。

「なんであの男がいるんだ」

お分かりでしょうといわんばかりにマシューはウインクをしてみせた。

「息子たちを探しにきたのかい」

「そうです」

「連中はどこにいるんだ」

「二階です」

「親父さんにはばれていないだろうね」

「さあ、どうでしょうか。今ここにいないとしても、そのうちやってくると思っているんじゃないですか」

「息子たちは探られているのを知っているのか」

「もちろんです」

「大丈夫なんだね」

「ええ、もちろん大丈夫です。連中に会いたければ、四号室を軽くノックしてごらんなさい」

ハモンドは数分間、カウンターにもたれていたが、それから、ハリソン氏が座っている一隅を見ることなく通りに通じるドアから出て行った。まもなく、ハリソン氏も酒場を去った。

汚らしく猥褻《わいせつ》で冒瀆《ぼうとく》的な言葉が飛び交うなか、昨夜と同じように居たたまれない気分になった私は酒場の席を立ち外の空気を吸おうとした。空は一片の雲もなく晴れわたり、満月に近い月がいつも以上に辺りを明るく照らしだしていた。ベランダに座っていると、まもなく昨夜私の注意を引いたご婦人がゆっくりと歩いてやってきた。わざとゆっくりとした歩みは明らかに店の様子を観察するためのようだった。昨晩同様、彼女は店の前まで来ると一瞬立ち止まり、それから、また通りにそって歩き続け、やがて姿を消した。

「気の毒な母御だ」と私がつぶやくうちに、再び私の目が彼女の姿をとらえた。ゆっくりと彼女は歩を進め、建物のそばに近づいた。私は好奇心のあまり話しかけたいという気持を抑えることができず、ベランダの陰から歩み出た。彼女は驚いたらしく数歩あとずさりした。

「どなたかお探しですか」私は丁重に尋ねた。

女性の立ち止まった位置はちょうど月の光がまともに顔に降り注ぐところで、その顔立ちがはっきりと観察された。彼女は人生の盛りをとうに過ぎた年頃だった。きれいな顔立ちには苦悩と悲しみの皺《しわ》が刻まれている。唇が動くのが目にとまったが、言葉をはっきり聞き取るまでに時間がかかった。

「今晩、息子の姿を見かけませんでしたでしょうか。ここに入り浸っていると聞いたものですから」

いきなりこんなふうな聞き方をされて私の体に戦慄が走った。この人は心配のあまり動転しているのだ。私は答えた。

「いいえ、奥さん。まったく姿を見ていません」

私の答えに勇気づけられたのか、彼女は近寄ると私の顔を覗き込んだ。

「ここは恐ろしいところです」彼女はかすれ声でささやいた。

「だのに、息子はここに通っているらしいのです。かわいそうに。前はこんなではなかったのに」

「ここはまさしく良くないところです」と私は言った。「さあ」と言いながら、私は彼女がやってきた方角に一、二歩進んだ。「早くお帰りになったほうがいい」

「でも、あの子がここにいるなら」彼女は今いる場所から動こうとはせずに言った。「私がなんとかしてやれるかもしれません」

「ここにはいませんよ、奥さん」私は促した。「ひょっとして、もう家に帰っているかもしれない」

「いいえ、それはありえません」そう言って悲しげに首を振った。「あの子は真夜中をとうに過ぎてからしか家には帰ってきません。酒場の中を見ることができればいいのですが。きっと中にいるに違いありません」

「お名前を教えていただければ、行って探してあげましょう」

しばらく躊躇《ちゅうちょ》した後、彼女は答えた。

「息子の名前はウイリー・ハモンドです」

その名がかくも悲しげに、しかし、愛情をこめて母親の口からこぼれたために、私ははっとし、体が震えるほどだった。

「息子さんがあそこにいるなら、あなたの代わりに彼に話してあげます」そう言いきった私は、彼女をその場に残し酒場に入っていった。

「ハモンドの息子は何号室にいるんだ」私はバーテンダーに尋ねた。

彼はいぶかしげに私を眺めるだけで返事をしない。そういう質問をされるとは予期していなかったのだ。

「ハーヴェイ・グリーンの部屋だろう」私は食い下がった。

「さあ、どうでしょうか。私の知るかぎり、あの人はここにはおりませんよ。半時間ほど前、出て行くのを見たんですから」

「グリーンの部屋の番号は」

「十一号室です」と彼は答えた。

「建物の表側だったね」

「ええ」

それ以上何も聞かず、私は十一号室に向かい、ドアを軽くノックした。しかし、誰も応えない。聞き耳を立ててみたが、部屋の中にはなんの音もしなかった。もう一度、今度はもっと強くノックしてみた。私の空耳でないとしたら、コインがチャリンと鳴る音が聞こえたように思う。しかし、やはり、人の声も気配もなかった。

がっかりだった。だが、間違いなく部屋の中には誰かがいる。それから、カーテンの隙間から明かりがこぼれて見えるという話を聞いたことを思い出し、私は階段を降りて通りへ出た。宿屋から少し離れたところにおぼろげにあの婦人の姿が見えた。彼女は行ったり来たりしていたのである。グリーンの部屋だと思しき窓を見上げると、破れたカーテンからこぼれる光がはっきりと見えた。私はもう一度中に入り、十一号室へと急いだ。今度は強引にノックし、大声で叫んだ。

「なんの用だ」という返事があった。ハーヴェイ・グリーンの声だった。

私はさらに強くノックを重ねた。しばらく、かさこそ動く音と低いつぶやき声が聞こえた。それから、ドアの鍵がはずされ、グリーンがドアを少しだけ開けたが、その体に邪魔されて部屋の中は見えなかった。私の姿を見て彼は顔に不快感を表した。

「なんの用だ」とげとげしい言い方だった。

「ハモンド君はいるかい。いたら、彼に会いたいという人が下に来ている」

「いや、いない」たちどころに彼は答えた。「いったい、なんで彼を探しに私の部屋へ来るのだ」

「てっきりきみのところに彼がいると思ってね」私ははっきり言った。

グリーンがドアをぴしゃりと閉めようとする寸前、誰かが手を彼の肩に置き、何か聞き取れない言葉を彼に言った。

「誰が会いたいと言っているんだ」男は私に尋ねた。

ハモンドが中にいることを確信した私は、心もち声を張り上げて言った。「彼の母上だ」

その言葉はまさに「開けゴマ」という呪《まじな》いだった。ドアが勢いよく開け放たれると、青白い顔をした若者が私の前に現れた。

「母が下にいると言うあなたはどなたです」

「母上に代わってきみを探しに来た者だよ。母上は宿屋の前の道を行ったり来たりしておられる」

私の言葉を聞くのももどかしく彼はそばをすり抜け、階段を数段飛ばしで降りて行った。部屋のドアが大きく開いた瞬間に、グリーンとハモンド以外に、宿屋の主人とライマン判事が中にいるのが分かった。ふたりが座っているテーブルの上の散らばったカードを見ずとも、彼らがこの部屋で何をしていたかは一目瞭然だった。

当然の義務だと思い、私はハモンドのあとを追った。ベランダのところで戻ってくる彼と出くわした。

「嘘をついたのですね」と厳しい表情で、脅すような口調で彼は言った。

「とんでもない」と私は答えた。「私の言ったことはすべて本当だ。見てごらん。あそこに君の母上がおられる」

若者は振り向き、数歩離れたところで母と対面した。

「お母さん。どうしたんですか、お母さん。なんでこんなところに」彼は叫んだが、必死で声を抑えていた。彼は母親の腕を取り、連れ帰ろうとした。その話しぶりは、荒々しくはなく、怒ってもおらず、むしろ、敬意と非難がないまぜになったとでもいうべきもので、疑いようもなく優しさにあふれたものだった。

「ああ、ウィリー」母親の声が聞こえた。「あなたがここにいると言う人がいたもんだからじっとしていられなくて。ウィリー、あなたは駄目にされてしまう。そうに違いありません。だから、お願い」

彼女の訴えるような声は届いてはいたものの、それ以上話の内容は分からなかった。しばらくして、彼らの姿は見えなくなってしまった。

それから二時間後、部屋に引き上げようと階段を上っていたとき、ひとりの男が私のそばを勢いよく駆け抜けて行った。それは、ハモンドの息子だった。彼はハーヴェイ・グリーンの部屋へ戻って行ったのである。

第七夜　悪行のかぎり

シーダヴィルの状況が、私が垣間見るところかなり切迫したものであることは明白だった。切迫したというのは、目に映った様々な関係者の身に関してのことである。いわば、この村全体をガンが蝕んでおり、その破壊状況の進行ぶりを見ると、病の悲惨さはすさまじい。病巣が見えないところで思わぬ方面にまで根を張り、体の奥底まで深く侵食していることは間違いなかった。体の表面に現れているのは病の軽微な兆候にすぎず、中に潜む病根こそ、はるかに危険で死活に関わるものであった。

それらの人々に対する強い関心を私は禁じえない。ハモンド青年の場合は最初から気がかりだったが、今になって、思いがけず母親が、しかもいくぶん精神に変調をきたして舞台に登場したものだから、新しい要素が付け加わったというべきだろう。先日ハリソン氏と出会った事務所の紳士——ハリソン氏というのは読者も覚えておいでのとおり、息子たちを探しに「鎌と麦束亭」に現れた人物である——は村の事情通だったので、翌日早く彼のもとを訪れ、ハモンド夫人について質問してみた。あの方をご存じかという私の質問に、すばやく答えが返った。

「ええ、知っています。幼いころからの知り合いのひとりです」

夫人のことを話題にするのはあまり快く思っていないようだった。わずかに顔が曇り、思わずため息が出るのを私は見逃さなかった。

「ウィリーはひとりっ子ですか」

「生き残っているのは彼ひとりです。あの人には四人子供がいました。息子がもうひとりと娘がふたり。でも、ウィリー以外はみな幼くして亡くなってしまったのです。

それに」彼は、一呼吸おいて付け加えた。「ウィリーも兄弟たちとともに天国に召されていたほうが、母親にとっても、あの子自身にとってもよかったでしょうよ」

「あの子があんなふうになってしまって、母親としてはさぞやご心痛なことでしょう」と私は言った。

「息子のためにあの人はおかしくなるばかりです」紳士は断言した。「ウィリーはハモンド夫人の宝物でした。ハンサムで、気立てがよく、頭のいい、優しい子への献身ぶりときたら、並みの母親では勝てません。息子自慢などという生易しいものではありませんでした。強烈な愛情というか、偶像視するほど息子を愛したのです。あの人の息子への愛が、どれほど優しく、思いやりにあふれていたことか。息子は息子で、学校にいるときを除けば、ほとんど母親にひっついていました。いっぽう母親は、息子を手放したくない一心で、母のそばにいるのが一番楽しく充実していると思わせるすべを考え、実行しました。それがものの見事にうまくいきました。十六か十七くらいまで、彼は母親以外の友だちをほしがらなかったと思います。でも、ご承知のように、そんなことは長続きしません。男の子が成長すると、家の中だけに閉じこもっておれなくなります。やがて入っていく大人の世界が待っていたのです。彼はあちこちに空いた穴から外の世界を垣間見たのです。間もなくそこで自分が重要な役割を演じる世界へ飛び出すこと、しかも、今度はひとりでそれを行うという事態が、ものごとの自然な成り行きとして生じたのです。息子が自分のそばを離れかかっていると知った母親は不安でおののきました。息子の行く手に待ち受ける危険を彼女は知りつくしていたのです。怯えのあまり過度に不安が募っているのだと私は何度も彼女に助言しました。だが、悲しいことに、現実は彼女の恐れた予感を上回っていたのです。

　ウイリーが十八歳のときでした。当時、私は法律を勉強していましたが、彼ほど将来を嘱望される若者を見たことはありません。これまでにもしばしば言われてきましたが、彼にはまさに欠点ひとつない。ところが、ひとつだけ危険な才能があったのです。それは、まれにみる会話の才で、さらに、身のこなしの上品さが付け加わっています。知り合ったみんなが、すっかり彼の虜になるのです。やがて、まわりには若い男たちの輪ができましたが、その中には、彼自身が最良の友人として選ぶはずのない手合いもおりました。でも、生まれ持った判断力と高潔な行動規範が彼を守ってくれていたのです。もし、あのいまいましい酒場をスレイドが開かなければ、いかなる誘惑をもってしても、彼を正しい道から迷い出させることはなかっただろうと私は今でも信じています」

「でも『鎌と麦束亭』が開業する前にも酒場はあったのでしょう」私は聞いた。

「ええ、もちろん。でも、経営はいいかげんでしたし、酒場に行くのはろくでもない連中ばかりでした。シーダヴィルのちゃんとした若者はそんなところに出入りなどするもんですか。ウイリーの取り巻き連中にとってもなんの魅力もありませんでした。ところが『鎌と麦束亭』ができて、状況が一転したのです。ハモンド判事、この方もあまり清廉潔白とは言えませんが、その判事が新しい酒場を持ち上げて、サイモン・スレイドのことを賞賛すべき事業家だなどと褒めたのです。ライマン判事やそのほか、シーダヴィルのお歴々がそれにならい、『鎌と麦束亭』の酒場はたちまち上品な社交場と見なされてしまいました。昼も夜も、村の優れた若者たちが出たり入ったり、酒場に陣取っては主人と親しげに談笑する姿が見られました。主人のほうは、立派な粉屋としてそれなりに評価されていましたが、今度は突然、村の名士、立派な連中たちが喜んでお墨付きを与える存在へと格上げされてしまったのです。

最初、ウィリーもこの流れに乗って、信じられないくらい短期間に友人たちも驚くほど酒を愛好するようになりました。スレイドが開けた扉をくぐった彼は、人生から転落し始め、以来、そのスピードはいや増すばかりです。悪魔の水が気を大きくさせるのと同時に、生来の優れた感覚を麻痺させ始めたのです。純粋に快楽を求める気持が芽生え、それがもとで、彼はさまざまな享楽的な遊びにふけり、刺激的に時間をすごす手段を求めたのです。誰もが彼のことが好きでした。だって、彼は気さくでしたし、人づき合いがよく、おまけに気前がいいときている。だからほとんど誰もが危険な兆候を阻止するどころか助長しさえしたのです。父親ですら、しばらくは事態を深刻に受け止めず、若気のいたりとしか考えなかったのです。『わしもかなり若いころは放蕩三昧をしたものだ』と彼が言うのを聞いたことがあります。『そのうち熱も冷めてまともになるさ。恐れるに足らずだ』。しかし、母親は最初から心を痛め警戒していました。母親の本能が息子への切々たる情のため倍ほどにも研ぎ澄まされ、息子の身に迫る危険を察知すると、まっしぐらに堕落する道から息子を取り戻すべく、あらゆる手段を探し求めたのです。ウィリーはいつもお母さん子でしたし、息子に対する彼女の影響力は強かった。でも、今回、彼は母の心配を取り越し苦労として無視したのです。自分の歩む道は自分には快適で、仲間も楽しい連中ばかり、だから、母の心配する害悪などとうてい信じられないというわけです。母親が悲しそうな面持ちで警告の言葉を発しても、母の気遣いに対して微笑むだけで、それにまともに答えようとはしなかったのです。

そんなふうにして、月日がたち、年数が重なりました。やがて、彼の堕落が村の語り草になってしまいました。息子の心を別のほうへ向けよう、できることなら人生の新たな意味ある目的に目覚めさせようと、父親は昨日話した例の企てに出たのです。すなわち、息子に資金を与え、蒸留業と綿繰り事業の共同経営に当たらせるというものです。まったく破滅的、というか恥ずべき結果になったことはご承知のとおり。息子は資金を散財し、おおいに父親を苦しめたのです。

このことがハモンド夫人に与えた影響は痛ましいかぎりです。どんなにつらい苦しみを経験されたかはわれわれにはおぼろげにしか想像できません。今のように精神がおかしくなる前に、心痛が原因の長い不眠状態がしばしば襲っていたようです。聞いた話では、丸二週間目を閉じることなく、泣きながら自室の中を歩きまわっておられたとか。強い鎮静剤をたびたび投与して、やっと、落ち着いたそうです。ところが、長い眠りから覚めると明晰な思考力が消えうせていました。以来、周囲で何が起こっているのかよく分かっておられないご様子です。でも、私に言わせれば、思考力が鈍ったのはむしろ幸いなのではないでしょうか。それにしても、あの人のことを考えると心が痛みます」

「それでも、あの青年は、度を越した放蕩三昧というか、命とりの夢からまだ覚めないのですか」と私は聞いた。

「いいえ。彼は母親思いですし、この事態でおおいに苦しみました。だが、どうしようもないようです。何か止むに止まれぬ恐ろしい力が彼をしゃにむに前進させているようです。もし、心を改める誓いを立てたとしても――きっと実際そうしたと私は思いますが――、仲間に近づけば、そんな誓いなどまるで薄い織物の糸のごとく吹き飛んでしまうのです。職場へは『鎌と麦束亭』を通って行かねばなりません。その前を通過しながら、酒場へ引き寄せられないようにすることは難しい。彼自身の酒に対する渇望もありますし、酒場の前でたむろしている気の合った連中の誘いもあります」

「酒好きという以外にもっと強い誘惑があったのかもしれません」と私が言う。

「なんですって」

　私は手短に昨夜の出来事を話した。

「その男の鴨にされているのではないかと恐れておりました。いやいや確信していた。

でも、あなたのおっしゃった事実を聞いて、まったく驚いた」と言いながら、紳士は事務所の中を歩きまわった。「ハモンド君に関してこれまで、疑問に思いあれこれ憶測もしてきましたが、もはやなんの疑いもない。あの子の家の事情に関して謎はなくなった。ああ、神様、こんなふうにわれらが青年たちは悪行へと誘われるのでしょうか。彼らの破滅は予定されていて救いようのないものなのでしょうか。鳥撃ちが白日の下、若鳥を捕獲する網をかけることが許されるように、夜には営業許可の御旗のもとあの男が破滅の罠をしかけているというわけなのでしょうか。考えるだに恐ろしい」

男はひどく興奮していた。

「事態はそういう状況でありながら」彼は続けた。「蔓延する荒廃の発生から始まり、その力が猛威を振るうさまを一部始終見てきた者たちが警告を発してもなんにもならない。息子たちが堕落させられ、娘たちは破滅の脅威にさらされた若者の妻になるというように、すべてが危機に瀕した状態でありながら、人々は手をこまねいて、悪人どもの狡猾な計略から罪のない者たちを守ることが、はたして妥当かどうかをただ延々と議論している。悪人どもが、身勝手な目的を達成するために彼らを心身ともにぼろぼろにしようとしているのにです。法律家に悪魔の酒を取締る立法を頼めば、狂信家とか、過激派とか、策略家とか呼ばれる。いやいや、酒の販売に余計な手出しをしてはいけない、というわけです。社会のもっとも大切で有益な人々が苦しむかもしれないが、酒販売人は庇護する必要がある、というわけです。たとえ、監獄や救貧院に人があふれ、花の盛りで散った若者や、傷心のあまり潰《つい》えた妻や母の屍《しかばね》で墓場が埋め尽くされようと、酒販売人の利益は確保してやらねばならないのです。連中に言わせると、改革は家庭で始めなければならないそうです。子供に禁酒教育をほどこせば、禁酒家の大人に育つ。酒を欲しがるものがいなければ、酒を売る商売はなくなるだろう。そして、たとえ改革が達成されるまで百年かかろうと、真の改革者が生み出されるまで、弱き者、疑うことを知らない者、道を踏み外した者たちが悪の餌食にされるのはいたしかたない、ということなのです。いやいや、とんでもない。悪魔の酒によって破滅させられたひとつの魂といえども、かけがえのない犠牲です。俗世間の利得など、一瞬たりと、それと比べられるはずもない。だのに、毎年、何千という若者が身を滅ぼしている。そして、もし社会が致命的な無関心から目覚めて、わが国土に病と破産と死をばらまいている腐敗した男どもを力強く取締らねば、何万という規模でさらに多くの若者を失うことになる。私はこの話題になるといつも興奮気味でして」

彼は自分を抑えるように言った。「でも、この問題を真剣に考える人間で興奮しない者などおりましょうか。酒の害悪は恐ろしい。そして、村の人間がどうして無関心でいられるのか不思議で仕方がありません」

彼がまだ話している最中に、父親のハモンド氏がやってきた。憔悴しきった表情だった。血走って潤んだ目が睡眠不足を示していたし、たるんだ顔の筋肉が疲れと苦悩を物語っていた。彼は私の話し相手をわきに誘い、数分間、なにやら真剣な面持ちで会話していた。ときに荒々しい身振りを交えてである。彼の顔は見えたが、話している内容は聞こえなかった。表情は見るも痛々しいものであったが、それは、顔の筋肉が動くたびに心の苦悶を新たに示すばかりであったからだ。

「頼むから、行って見てきてもらえないだろうか」最後に向きを変え事務所を立ち去るとき彼はそう言った。

「すぐに行ってきます」と男は答えた。

「できることなら、家に連れ帰ってもらいたい」

「全力を尽くしましょう」

ハモンド判事は一礼すると、あわてて出て行った。

「グリーンという男の部屋番号をご存じですか」判事が去ると同時に彼は私に尋ねた。

「ええ。十一号室です」

「ウイリーは昨夜以来、帰っていないそうです。判事は今になってグリーンが賭博師ではないかと思っています。昨日その考えがひらめいたそうです。あの人が言うには、他の心配事に加えてそのことを考えるといても立ってもいられないそうです。そこで、私に友人として、『鎌と麦束亭』へ行ってウィリーを見つけてもらいたいというわけです。今朝、彼の姿はご覧になりましたか」

私は見ていないと答えた。

「グリーンも」

「ええ」

「宿を出られたときは、スレイドはいましたか」

「まったく見かけませんでした」

「ハモンド判事が恐れていることは本当かもしれません。このところの破滅的なウィリーの事情を察するに、賭けのかたにしたり譲渡したりする権限がまだウィリーにあるうちに、グリーンはできるだけ多くを手にしようと考えているのかもしれない。鴨から血を残りの一滴まで絞り出しておいて、最後は無慈悲にも放り出すという寸法です」

「ウィリーはやけになっているのかもしれない。でなければ、グリーンのもとに戻ったりしないでしょう。そう父親に伝えましたか」

「いいえ。そんなことをしても、苦悩を増すだけで、なんの効果もないでしょう。もう十分、苦しんでいますから。それより、時間が惜しい。一刻の猶予もなりません。一緒に行っていただけますか」

私は宿屋まで彼と歩き、一緒に酒場へ入った。二、三人の男たちが酒を飲んでいた。

「グリーンさんを今朝見かけなかったかい」紳士はハモンド青年を探すべくそう切り出した。

「いいえ、見ていませんよ」

「部屋にいるのかい」

「さあ、どうでしょう」

「見てきてくれないか」

「分かりました。フランク」バーテンダーはソファでくつろいでいた店主の息子にそう呼びかけた。「グリーンさんが部屋においでかどうか見てきてくれませんか」

「自分で行ってこいよ。俺はあんたの召使いじゃないぜ」ふてくされたがなり声が返ってきた。

「すぐに見てきます」とマシューは丁寧に言った。

酒場にやってきた新しい客たちの注文を聞いてから、マシューは用事をはたすべく二階に上っていった。彼が酒場をあとにすると、フランクは立ち上がってカウンターの背後に回り、グラスに酒を注ぐと本当にうまそうに飲み干した。

「きみみたいな若い人には危険な商売じゃないかね」フランクがカウンターを出て、私たちの前を通り過ぎようとしたとき、一緒に来た紳士が言った。ふてくされたしかめっ面が返ってきたが、その表情は、言葉にしたのと同じほど明瞭に「余計なお世話だ」と物語っていた。

「いませんでした」戻ったマシューが告げた。

「確かだね」

「間違いありません」

しかし、バーテンダーの態度にはある種のためらいがあったため、彼の言ったことは嘘だという疑いが湧いた。私たちは歩きながら外に出て、そのことを話し合い、結局、マシューの言葉は信ずるに値しないということで意見が一致した。

「どうしたらいいのでしょう」

「グリーンの部屋にお行きなさい」私は答えた。「そしてノックしてみたらいい。部屋にいるなら、あなたの用向きなど知らないあの男は返事をするかもしれない」

「部屋を教えてください」

私は彼とともに二階へ上り、十一号室を指した。彼は軽くノックしてみたが、中からはなんの音も聞こえない。もう一度ノックしてみたが、中はしーんと静まり返っている。何度ノックを繰り返しても、虚ろな残響が返ってくるばかりだった。

「誰もいない」戻ってきた彼がそう言うので、私たちは階下に降りようとした。途中の踊り場で私たちはスレイド夫人に出会った。今回のシーダヴィル訪問で夫人と面と向かったことはまだなかったが、血色が悪くやつれた顔といい、虚ろでよどんだ瞳、それに腰の曲がった弱々しい体つきといい、なんという無残な変わりようか。その顔を見たとき、体が震えんばかりだった。スレイドにしてみれば、日々、目の前に厳しく自分を非難する亡霊が取りついているように感じているに違いない。

「今朝、グリーンさんを見かけられましたか」

「まだ部屋から下りてこられていません」と彼女は答えた。

「間違いありませんか」私の同伴者が尋ねた。「数回ノックしたのですが、なんの返事もありません」

「なんのご用事ですか」スレイド夫人は私たちに視線を据えてそう尋ねた。

「ウイリー・ハモンドを探しているのですが、グリーンと一緒にいると聞いたもので」

「軽く二度ノックしてから、強く三回ノックするのです」スレイド夫人はそう言って、私たちの前を音もなく通り去っていった。

「もう一度行ってみましょうか」

私は反対しなかった。私には他人の部屋に侵入する権利などなかったが、気持が高ぶっていたために、ことの当否を顧みる余裕もなかった。

秘密の合図で苦もなく返事が得られた。ドアが静かに開いて、ひげを伸ばしたままのサイモン・スレイドが姿を見せた。

「ジェイコブズさん」驚いたように彼は言った。「私にご用ですか」

「いいや。グリーンさんに話がある」そう言って彼は手をしっかりとドアにかけると、勢いよく大開きにした。昨晩と同じ面々がそこにいた。グリーン、ハモンド青年、ライマン判事、それにスレイドだった。スレイド以外の者たちが座っているテーブルにはトランプや紙片、インク壺にペン、それに紙幣の山が置かれていた。わきのテーブルの上、より正確には長方形の盆の上には、酒瓶、デキャンター、グラスが載っていた。

「ライマン判事。こんなことがあっていいのですか」私の同伴者であるジェイコブズ氏は驚きの声を上げた。「まさかここでお目にかかろうとは思いませんでした」

グリーンはたちまち両手でテーブルの上を覆い、そこにある金と有価証券をかき集めようとした。だが、彼がそれをし終える前に、ハモンドは細い紙片の三、四枚をひっつかむと急いで細かく引き裂いてしまった。

「この卑怯な悪党め」グリーンは猛々しくそう叫びながら、武器を取り出そうとするかのように胸元に片手を入れた。が、その言葉が発せられた瞬間に、ハモンドが虎のように勢いよく飛びかかり、グリーンを床に押し倒してしまった。両手はすでに賭博師ののどにかけられ、驚いたまわりの者たちが彼を取りおさえ引き離そうとしたが、グリーンの顔は紫色に変わり窒息死寸前のところだった。

「卑怯な悪党だと」ハモンドは口からあわを飛ばしながら言った。「この俺を血に飢えた猟犬のごとく追いまわしたのは誰だ。最初から俺を騙して金を取り堕落させようという魂胆だったんだ。ああ、銃があれば、このど悪党を抹殺できるのに。みんな、離してくれ。もう失うものなんて何もない。恐れるものはないんだ。世間に対してひとつだけ役に立ってから死にたい」

そして、最後の力を振りしぼると自分を抑えていた手から身を解き放ち、野獣のごとき荒々しさで再び賭博師に飛びかかった。すでにこの時、グリーンはナイフを鞘から出しており、猪突猛進したハモンドのわき腹に突き立てた。雷光のような速さで引き抜かれたナイフは、われわれが殺人者を取り押さえナイフをもぎ取る前に、さらに二度、ウィリーの体に突き立てられた。われわれの奮闘むなしく、ウィリー・ハモンドは深いうめき声を上げて倒れ、わき腹からはおびただしい血が流れ落ちた。

その後の恐怖に満ちた興奮状態に乗じてグリーンは部屋から逃走した。すぐに医者が呼びにやられたが、医者は、傷口とあわれな若者の状態を診た後、この傷では助からないと言った。

ああ、この宣告がなされたときの父親の苦悶の表情たるやなんと表現したらいいものか。彼はこの恐ろしい出来事をすでに耳にして、駆けつけていたのである。人の顔にあれほど恐ろしい苦悩が表れるのを目にしたことはない。心配そうに見守る人々の中で、いちばん静かだったのはウィリー自身である。彼は食い入るような視線を父親の顔に据えていた。

「ウィリー、痛くはないか」老人はすすり泣きながら息子の上に身をかがめたため、長い白髪が深手を負った若者の濡れた髪と混じりあった。

「たいしたことはありません、お父さん」かすれ声の返事があった。「このことはまだお母さんには言わないでください。お母さんが知ったら死んでしまうと思います」

父親になんと返事ができようか。何も答えられない。だから彼は何も言わなかった。

「お母さんは知っているんですか」不安が息子の顔に浮かんだ。

ハモンド氏は頭を横に振った。

ところが、そのとき、激しい苦悩の叫び声が階下で聞こえた。思慮のない誰かが母親に息子の悲しい知らせを伝えてしまっていて、彼女は取り乱したように宿屋へと駆けつけ、今まさに中へ入ろうとしていたのである。

「お母さんだ」と言うウイリーの青白い顔に赤みがさした。「いったい誰が知らせたんだろう」

ハモンド氏はドアのほうに向かいかけたが、彼がそこにいたる前に、錯乱した母親が部屋に入ってきた。

「ああ、ウイリー、ウイリー」彼女は魂を震わす苦悶をたたえて叫んだ。そして、息子が横たわるベッドまで来ると床に膝をついて唇を息子の唇に重ねたが、その仕草はなんと優しく愛情あふれるものであったことか。

「大好きなお母さん。誰より素敵なお母さん」こう言いながら彼は微笑み、そして、自分の上にかぶさった母の顔に、言葉では表せない愛情あふれる視線を送った。

「ああ、ウイリー、ウイリー、ウイリー、私の大事なウイリー」再び、彼女の唇は息子の唇に重ねられた。

すると、息子の体を案じたハモンド氏が割ってはいり、妻を引き離そうとした。

「いいんです、お父さん。そのままにしてください。僕なら大丈夫。お母さんがいてくれて幸せです。お母さんも僕もこうしているのがいいんです」

「あまり刺激してはいけないよ」ハモンド氏が言った。「この子は弱っているのだから」

「分かりました」と母が答えた。「もうしゃべりません。ねえ、ウイリー」そう言って彼女は指を優しく息子の口にあてがい、「しゃべらないで」と言った。

それからほんのしばらく、彼女は静かに、まるで患者がゆっくり休養することを見守る看護師のような面持ちで座っていた。ところが、また、嘆きまじりのすすり泣きを始め、両手を握りしめた。

「お母さん」弱々しいウイリーの声がたちまち、彼女の感情の高ぶりを抑えた。「お母さん、キスしてください」

彼女は身をかがめ、彼にキスした。

「お母さん、そこにいるのですか」彼の目は緊張したように、きょろきょろ辺りを見回した。

「ええ、います。私はここにいますよ」

「お母さんが見えない。暗くて何も見えない。ああ、お母さん」彼は突然そう叫び、身を起こしたかと思うと、母の胸に身をまかせた。「僕を助けて。助けてください」なんとすばやく母は両腕を息子の体にまわしたことか。彼女は思いきり息子をわが胸に抱きしめた。医者は若者の容態を心配し、ベッドのそばへきてハモンド夫人の腕を解こうとしたが、夫人は梃子でも動こうとしない。

「可愛いあなたは私が助けてあげます」母は息子の耳にそうつぶやいた。「お母さんが助けてあげますとも。ああ、でも、あなたが私のそばを離れないでいてくれたら、こんな目にあうことなどなかったでしょうに」

「ご臨終です」医者がささやくように言うのが聞こえた。そして、同時に私の体を戦慄が駆けぬけた。医者の言葉がハモンド氏の耳に届くと、彼はそのまま死んでしまうのではないかと思えるほどの苦悶のうめき声を上げた。

「誰が亡くなったですって」厳しく問い詰める言葉が母親の口をついて出た。彼女は胸に抱きかかえていた息子の体をベッドに戻し、一心に息子の顔を覗き込んだ。ことの真相を理解したことを示す長い、恐怖に満ちた悲鳴が発せられ、そのまま彼女は死んだ息子の体の上に倒れこんだが、彼女自身の命もそのとき潰《つい》えたのだった。

部屋に居合わせた者は全員、彼女が気を失ったとばかり思った。だが、彼女を別室へ運ぶように指図した際の医者の狼狽した表情や、明かりに照らし出された彼女の顔つきで、私たちには事態が動かし難いものであることが読み取れた。朦朧《もうろう》とした意識の中でさえ、息子が死んだという事実があまりに生々しい恐ろしさを伴って彼女を襲い、そのまま命を奪ってしまったのだ。

乾いた畑に放たれた火のごとく、この恐ろしい出来事の知らせがシーダヴィル中に広がった。村全体が興奮のるつぼと化したのである。人々の口に、ウイリー・ハモンドがグリーンに殺された話題がのぼり、また、今までも多くの者が知っていたグリーンの正体が今や村中に知れ渡ったのである。しかも、事件の原因や詳細に関する百余の噂話が誇張されて出回った。母親と息子の亡骸を「鎌と麦束亭」からハモンド邸へ移す段取りが整うまでに、何百という群衆が男女の区別なく、子供たちまで交えて宿屋の周囲に集まった。彼らはグリーンはどこにいると叫んでいたが、中にはライマン判事を呼ぶ声もあり、どうやら人々のあいだでは判事が事件と結びつけて考えられているようだった。興奮状態の只中にあっては、長椅子に横たえられた二体の亡骸も群衆の憤りを抑える効果を示してはいなかった。私は一度となく、「悪党をリンチしろ」という声を聞いた。

亡骸の移送につき従う者もいたが、群衆の多くは、そのほとんどは男たちだったが、宿屋の周囲に居残った。目的がなんであれ、群衆は自らの気持を代弁する声を持つものだが、今度もまさにそうだった。グリーンに対する激しい憤りがみなの胸に渦まいており、ひとりの男が興奮した群衆より数フィート高いところに立って次のように叫んだ。

「殺人犯を逃してはならない!」

恐ろしいほどに荒々しいみなの叫び声が響き渡り、その場の空気が震えんばかりであった。

「十人の捜索班を組織し、その宿屋の中と周囲を捜させよう」男は言った。

「そうだ、そうだ。捜索班を選ぼう。指名してくれ」という声がすぐに上がった。

十人の男たちの名が呼ばれ、彼らは群衆の前に歩み出た。

「あらゆる場所を捜してくれ。屋根裏から地下室まで、乾し草置きから犬小屋にいたるまで、隅から隅までだ」男は叫んだ。

男たちは直ちに建物の中に入っていった。それから二十五分ほどもたっただろうか、群衆は待ちながら苛立ちを募らせた。とうとう、捜索に行った男たちが戻り、グリーンの姿はどこにも見あたらないと告げた。みなはいっせいに不満の声を漏らした。

「シーダヴィルの人間なら殺人犯を捕まえるまで仕事などおいておけ」と依然台に上ったままの男が叫んだ。

「賛成、賛成。やつを捕まえるまで仕事などなしだ」という声が響いた。

「馬を持っている者はできるだけ早く鞍をつけ、馬に乗って役場前に集合してもらいたい」

五十人ほどの男たちが急いで群れを離れた。

「諸君には私の前の道で左右どちらか二班に分かれてもらいたい」

みなはすぐにこの指示に従った。

「さらに、それぞれ道の両側に分かれてふたつずつ班を作ってほしい」

宿屋の前にははっきりと四組に分かれた集団が形成された。

「それじゃ、ここから三マイル以内の隅々まであの人殺しを捜しに行こう。道路と宿屋の真ん中を貫く線を基準にした四つの地域をそれぞれが受け持つことにする。馬を出せる者はさらに遠くまで捜しに行ってもらう」

百人以上の男たちがおとなしくこの指示に同意した。男は台から下りてほかの男たちの中に加わったが、彼らはただちに与えられた役割を果たすべく散っていった。

数時間がすぎ、捜索隊が一隊、また一隊と村へ帰ってきたが、その表情は疲れきり、あのろくでなしにまんまと逃げられてしまったという思いが表れていた。馬で出かけた男たちも午後には帰りはじめ、夕暮れ時までには最後のひとりが疲労と失望の色を浮かべて帰還した。

朝に驚くべき事件があった後の何時間かのあいだに「鎌と麦束亭」へやってくる者はほとんどいなかった。スレイドは群衆の前に姿を見せず、階下へ降りてきたのは、彼らが動き始めたあとになってからである。彼はひげを剃り、新しいシャツに着替えていた。だが、徹夜の跡は明らかだった。目は血走り眠そうでまぶたが腫れていたし、肌はたるみ、生気がなかった。彼が階段を降りてきたとき、私はちょうど廊下を歩いていた。彼は私のほうを恥ずかしげに見て軽く会釈した。顔には後ろめたい気持がありありと出ていたし、それに加えて不安と警戒の念も混じっていた。面倒に巻き込まれるのではと彼が恐れるのも無理はない。ジェイコブズ氏と私が目撃したとおり、彼はグリーンの部屋で賭博をしていた仲間のひとりだったのだから。

「恐ろしいことになりました」半時間後、再び顔を合わせたときに彼は言った。私をまともに見ようとはしなかった。

「とんでもないことだ」と私は答えた。「若者を堕落と破滅に追い込み、あげくのはてに殺してしまうとは。あまたある犯罪のリストにもこれほどひどい行為はまたとないだろう」

「かっとなってやったのでしょう」主人はいささか弁解じみた言い方で答えた。「グリーンは殺すつもりなど絶対になかったんです」

「仲間と楽しくすごすのに、どうしてあんな凶器を持ち歩かねばならなかったのだ。あの男には殺意があったに違いない」

「それは言いすぎです」

「事実が物語っているさ」と私は続けた。「グリーンが殺人鬼であることは今回の恐ろしい結末を見なくてもはっきりしている。冷静に計算ずくで、やつは初めからハモンド青年を抹殺しようとしていたのだ」

「それは公平ではないでしょう」とスレイドは反論した。「みんなが興奮してグリーンを糾弾している状況で、そんな根拠もないことを言うとグリーンがかわいそうだ」

「ウイリー・ハモンドはグリーンのことを血に飢えた猟犬だと言ったね。最初から自分の身ぐるみをはぎ、堕落させるつもりだったと彼を責めたけれど、あれは根も葉もないことだったと言うのかい」

「あのときウイリーは興奮していましたから」

「だけど」と私は言った。「彼の言葉を聞いた者には、それが激情から発せられた真実の叫びであることを一瞬たりとも疑わなかったではないか」

私の真剣で断定的な話し振りがスレイドを圧倒した。私が主張していることはグリーンとハモンド青年との付き合いを顧みれば火を見るより明らかであることが分かっていたのだ。しかも、彼には青年の破滅をもたらした当事者のひとりであったという後ろめたさもある。私がじっと見つめていると、彼は思わず視線をそらせた。私は彼を今回の事件の関係者と見なしていたが、それがきっと顔に出ていたのだと思う。

「ひとり殺されたからと言って、もうひとり殺されていいという理屈にはならないでしょう」と彼は言った。

「どのような理由であれ殺人を正当化などできない」私は答えた。

「でも、あの激怒した男たちがグリーンを見つけたら、彼を殺しかねません」

「そうはならんだろう。恐ろしい犯罪を目の当たりにしてみんな興奮しているのは確かだ。だが、彼らの正義感がきみの恐れる事態を食い止めてくれるだろう」

「グリーンにはなりたくないもんです」主人は不安な面持ちで答えた。

私は彼をじっと見た。彼の目に表れている恐怖感は犯罪そのものに対してではなく、犯罪への罰に対してのものであった。ああ、人の心を腐敗させる商売に身を染めているとここまで情けなくなるものなのか。

私がいくら言ってみても効き目がなく、彼は適当な口実をつけて私から離れていった。その日、彼の姿を見かけることはほとんどなかった。

夕暮れどきになると、賭博師捜索に失敗した男たちが次々と宿屋にやってきて、夜の帳が下りるころには酒場は興奮していきり立った男たちでごったがえしていた。彼らは捜索がうまくいかなかったことに苛立ちながら、今に見ていろと大声でわめいていた。グリーンは逃亡に成功したのだというのが大方の見方であり、そう思えば思うほど、不満の捌け口が別の方向へと向き始めた。グリーンとハモンド青年のほかにライマン判事とスレイドが部屋にいてトランプ賭博をしていたことはとうに誰もが知っていた。ハモンドを破滅させるのに、このふたりがグリーンに手を貸したのではないかとささやく者もいて、ふたりに対する強い反感が湧きあがった。群衆が血祭りにあげるべき男が見つからなかっただけに、鬱積《うっせき》した怒りが新たな捌け口を進んで求めていたのだった。

「スレイドはどこにいる」誰かが混雑した酒場の中央で大声で叫んだ。「どうしてやつは姿を見せないのだ」

「そうだ、主人はどこだ」五、六人の男たちが唱和した。

「あいつは捜索に加わったのか」誰かが聞いた。

「いいや」「加わっていない」「そうとも」酒場中に声が響いた。「あの男は参加していないぞ」

「しかも、殺人があの男の建物で、おまけにあの男の目の前で起こったというのに」

「そうだ、まさにあいつの目の前でだ」と次々に怒りの声がとんだ。

「スレイドはどこにいる」「主人はどこなんだ」「誰か今晩やつの姿を見た者はいないのか」「マシュー、サイモン・スレイドはどこにいる」

口々に問いただす言葉が飛び出した。その間も、群衆はいきり立ち体を左右に揺らし始めた。

「ここにはいないと思います」マシューは狼狽し、警戒心を露わにして答えた。

「どれくらいいないんだ」

「二、三時間は姿を見ていません」

「嘘だ」厳しく責める声がした。

「嘘だなんて言うのはどいつだ」マシューは強く腹を立てているそぶりをした。

「この俺さ」恐ろしい顔をした荒くれ男が彼の前に進み出た。

「なんの権利があってそんなことを言うんですか」マシューはかなり冷静さを取り戻し尋ねた。

「なぜなら、おまえさんが嘘をついているからだ」男は堂々と言い放った。「おまえさんはこの半時間内にあいつを見ているし、そのことは自分でも分かっているはずだ。

いいか、面倒に巻き込まれたくないなら、正直に答えろ。嘘つきやごまかし屋に付き合っている暇はない。サイモン・スレイドはどこにいる」

「知りません」マシューはきっぱりと答えた。

「彼はこの建物の中にいるのか」

「そうかもしれないし、そうでないかもしれません。みなさんと同じで私もあの人の居場所を存じてはおりません」

「見てきてくれないか」

　マシューはカウンターの背後にあるドアまで行き、フランクの名を呼んだ。

「なんの用だ」息子の怒鳴り声がした。

「親父さんは家にいるのかい」

「そんなことは知らん。俺の知ったことか」例によっての無礼な返答だった。

「誰かあの若造を酒場に引きずり出せ。ちょっと焼きを入れてやろうじゃないか」

　この提案がなされるとすぐに、ふたりの男がカウンターの背後に回り、フランクの声がした部屋に入っていった。すぐにふたりは戻ってきたが、それぞれが息子の腕を一本ずつつかみ、まるで体の弱い子供を真ん中で支えているかのようだった。フランクは突然拘束されてすっかり怯えきっていた。

「いいかね、きみ」一座の指導的人物がカウンターのところにつれてこられたフランクに話しかけた。「面倒な目にあいたくないなら、われわれの質問にすぐに、しかも正確に答えてもらいたい。四の五のいった話につきあっている暇はない。きみの親父さんはどこなんだ」

「家のどこかにいると思います」フランクは元気なく答えた。彼は自分が即決裁判にかけられているかのような調子で尋問され、すっかり怯えていたのである。

「見たのは、どのくらい前だ」

「そんなに前ではありません」

「十分ぐらいいか」

「いいえ、半時間ぐらい前だったと思います」

「そのとき親父さんはどこにいた」

「二階へ上がるところでした」

「よかろう。われわれは親父さんに用があるんだ。行ってそう伝えてくれないか」

フランクは家に戻っていったが、五分ほどして再び酒場に姿を見せ、父親はどこにも見当たらなかったと言った。

「なら、どこにいる」という問いが腹立たしげに発せられた。

「本当に知らないんです」フランクの不安そうな表情と怯えきった物腰から、彼が真実を語っていることが分かった。

「どうもおかしい。何か臭うぞ」男たちのひとりが言った。「なぜやつはいないんだ。自分の店の中で、しかも目の前で人を殺した男を捕まえる手立てをどうしてあの男は講じなかったのだ」

「グリーンの逃亡の手助けをしたとしても驚くには当たらん」もうひとりの男がこの重大な嫌疑を性急になんらの証拠もなく言い放った。それは無責任で公平さを欠き、まさに群集心理を露骨に表していた。

「そうだ、まったく疑う余地はない」すばやく独断的に答える声が上がった。そして、たちまちのうちに、この間違った判断が全員の心を捕らえてしまった。一片の事実すら提示されたわけではない。スレイドがグリーンの逃亡を助けたとひとりの人間が単純かつ大胆に憶測しただけで、何も考えない群衆には十分だったのだ。

「やつはどこにいるんだ。どこなんだ。捜し出そう。やつならグリーンの居場所を知っているし、あいつに白状させよう」

これで十分だった。一座の者たちは再びいきり立った。そのうちの二、三人が建物とその周辺を捜索し、残りの者たちはさらに遠くを調べることになった。建物を調べると申し出た男は名前をライアンという私の知り合いで、これまで数度、シーダヴィルの現状に関して意見交換したことのある酒場の常連客だった。彼が席を立ったのと時を同じくして私も部屋へ戻った。彼と私は並んで歩きながら、部屋の前で別れ、私が部屋に入ると、彼はそのまま捜索活動に乗り出していった。もちろん、私は不安とそれ以上に興奮を覚えていたが、それは、今現在の成り行きとともに、その日一日の出来事の結果ゆえでもあった。ひどく頭痛がしたので、体を休めようと横になった。

すでに蠟燭《ろうそく》には火を灯しておいたし、邪魔されないようにドアには鍵をかけてあった。しばらく横になりながら、階下から聞こえる話し声や廊下を歩く足音、ドアを開けたり閉めたりする物音に耳を傾けていたが、なにやら押し殺したような息遣いが聞こえた。はっとして、聞き耳を立てたが、どきどきいう心臓の鼓動が外の音を搔き消してしまった。

「気のせいだろう」自らに言い聞かせつつも、私は身を起こして耳をそばだてた。

やがて、すべては妄想のなせるわざだと納得して、枕に頭を置き、誰かが部屋にいるかもしれないなどという考えから気をそらそうとした。もう大丈夫と思ったとたん再び心臓がどきっとしたが、それは何かが動く音を耳にしたからである。

「妄想だ」そのとき誰かがドアの外を通り過ぎていったので私は自分に言い聞かせた。

「今日はちょっと興奮しすぎているな」

　だが、私は頭をあげ、頬杖をつきながら、部屋の外ではなく内部に意識を集中させて耳をすました。ふたたび頭を枕に下ろそうとした瞬間、かすかながらはっきりとした咳払いが聞こえ、私は思わず床に立ちベッドの下を覗き込んだ。謎は解けた。ふたつの目が蠟燭の明かりに照らされてぎらぎら光っていた。逃走したと思っていたグリーンが私のベッドの下に隠れていたのだ。しばらく私は彼を見つめて立ち尽くしていた。言葉を発することも、次に何をすべきかも決心できなかった。グリーンは挑みかかるような視線を私に浴びせていた。手に銃が握られているのがはっきり見て取れた。

「いいか」しゃがれた小声で彼は言った。「生きて捕まるわけにはいかないんだ」

　私は、彼の姿を隠していた毛布を手から離し、なんとか考えをまとめようとした。

「逃げることはできないよ」再び垂れていた毛布を引き上げた。「村中のものが武装してきみを捜している。万一、連中の手に落ちれば、たちまちにしてきみの命はあぶなくなる。そこにじっとしていなさい。保安官を呼んでくるから。彼に身を委ねたほうがいい。保安官に任せるしかきみの生き残る道はない」

　短いやりとりの後、そうするしかないと彼は悟り、私は部屋に鍵をかけ、保安官を探しに出かけた。私の知らせに保安官は迅速に対処してくれた。犯罪者を自らの手に奪おうとする輩にそなえ武装した五人の部下を従え、彼はただちに宿屋に急行した。部屋の鍵はすでに彼に渡してあった。

部下を引き連れた保安官の姿をみて、人々はグリーンがまだ建物の中に隠れていると思い、すると、それが事実であるかのように扱われ断定されてしまうのである。再び集まった群衆にその情報が電流のように流れ、保安官が犯人に手錠をかけ移送し始める前に、階段には人だかりができ、犯人への呪詛の言葉であふれかえった。

「みんな、道を空けてくれ」保安官は、真っ青な顔をして震える犯人を連行して、階段の上に現れると言った。「犯人は法の下にあり、犯した罪の報いは間違いなく受けさせる」

ののしりの声が空気を切り裂いたが、動く者はいなかった。

「どいてくれ、どいてくれ」保安官は一、二歩進んだが、犯人は後ずさりした。

「恐ろしい犯罪者。いまいましいいかさま野郎。ウイリー・ハモンドを返せ」という叫び声が、さまざまな声が錯綜するなかにはっきりと聞こえた。

「みなさん、法律は守らねばならない。よき市民たるもの法律に逆らってはいけない。法律とはみんなや私を守ると同時に、この犯罪者の権利を守るためのものなんだから」

「リンチで十分だ」荒々しい声が叫んだ。「われわれにその男を渡してくれ。そうすれば、あんたがその男を絞首刑にする手間が省けるというもんだ。郡にとってもその分費用の節約になるじゃないか。われわれがちゃんとやってやる」

それぞれ拳銃を持った五人の部下がまわりを取り巻くなか、保安官ははっきり次のように言った。

「この男を安全に留置所に移すのが私の義務だし、私はそれをやり遂げるつもりだ。ここで、これ以上流血沙汰があったら、おまえたちの責任だからな」そして、部下たちの一団が前進すると、群衆はゆっくり後退を余儀なくされた。

グリーンは恐怖感に圧倒され尻込みするばかりであった。立っていたところから彼の顔がよく見えたが、恐怖心で青ざめていた。手錠をはめられた腕をつかみ、保安官は彼を前に押し出した。群衆と十分ばかり小競り合いを演じたあげく部下たちは階下に降りた。ところがそこは多くの人だかりで、なんとしても通さないという構えの連中たちばかりである。

保安官は何度も、彼らの分別と正義感に訴えた。

「犯人は裁判にかける。そうすれば法律がしかるべき裁きをなしとげてくれよう」

「いや。嘘だ」という厳しい声が飛んだ。

「誰が判事を務めるんだ」

「もちろん、ライマン判事さ」あざけりまじりの声が応えた。

「あの男自身いかさま野郎じゃないか」二、三人が同時に声をあげた。

「いかさまの判事にいかさまの法律家どもさ。そうともさ。法律がしかるべき裁きをなすだと。グリーンやハモンドと一緒の部屋にいてギャンブルをしていたのは誰だ」

「ライマン判事だ」「ライマン判事だ」という声がこだました。

「保安官、残念だが、この国で有効なのはリンチだけなのさ。あの野郎にふさわしいのはそれだけだ。さあ、こっちに渡しな」

「渡すものか。さあ、みんな行くぞ」保安官は毅然とそう言い放ち、部下たちはいきり立って抵抗する群衆を押し分けてドアに向かった。荒々しい叫び声やののしりの声で混沌とするなか、するどく響く一発の銃声に思わず私の血は凍りついた。さらに数発の銃声が聞こえ、それから苦悶の悲鳴が空気をつんざくと、あれほどの喧騒が一瞬にして静まった。

「誰が撃たれたんだ。死んだのか」

誰かが息せき切ったように応えた。

「あの賭博野郎が撃たれた」「誰かがグリーンを撃ったぞ」

あちらこちらから低く押し殺した罵声が撃たれた男に対して発せられ、ハーヴェイ・グリーンの命が奪われたことに喜びを禁じ得なかったが、さすがに歓喜の声を上げる者はいなかった。

　グリーンが死んだことは疑い得なかった。ただし、狙って撃ったものか、それとも見えざる導きの手によって弾が彼の心臓へと誘導されたものか知る由はない。後に郡当局による詳しい検証が行われたが、グリーンに引導を渡した者が誰であるかを推定するに足るなんらの情報も引き出されなかった。

　ハーヴェイ・グリーンの死体を前にした検視官による審問の場にはサイモン・スレイドもいた。群衆が捜しているときにどこに姿をくらませていたかは分からなかった。彼はやつれ、目は不安に満ちて落ち着きがなかった。自分の建物で、一日に二件も殺人事件があったというだけで気がめいるのに十分だろう。まして、両方の犠牲者と自分の関係は自責の念がつのる類のものでしかないとなればなおさらである。

　集った男たちはというと、グリーンが死んだために復讐心はおさまっていた。ハモンド青年の堕落と死亡の加担者として彼をそれ以上責め立てる声は聞かれなかった。宿屋の主人に対する人々の気持は怒りというよりあわれみに変わっていたのである。彼がひどく心惑わされていることは傍目にも見てとれた。

　そのとき私はひとつのことに気づいた。それは酒場での酒の提供が一瞬たりとも中断されなかったことである。憤ってグリーンを追跡した者たちの大部分は怒り以上にアルコールの影響で興奮しており、人を狂わす酒の影響がなければ、あの致命的な一発は発せられなかっただろうことは間違いなかった。大騒動の後、当然のことながらみんなの心が静まったところで、男たちは酒場に戻り、再び酒を飲み始めた。酒を注文する声が次々響き、マシューと息子のフランクは大忙しでさまざまな酒を所望する酒飲みたちの要求に応えていた。

グリーンが見つかって殺されたという知らせが広まったあと続々と「鎌と麦束亭」に集まる人の流れから察するに、大人であれ子供であれ周囲二、三マイル圏内のすべての男たちが事件を知ったようだった。やってきた者のうちまず酒場に足を運ばないものはほとんどいなかった。そして、酒場に来たほぼ全員が酒を所望した。グリーンが死んでまだ一時間しか経過していないにもかかわらず、死体が隣の部屋に横たわっているという考えなど酒場の男たちの意識からは完全に消え去っているかのようだった。酒を注文する声は止むことがなく、酒の影響下、声はますます大きくなり、悪態が増すなか、笑い声が一瞬も途絶えることはなかった。

「飲み明かす通夜とはあいつにふさわしいじゃないか」誰かが粗野な笑いとともに言う声が聞こえた。

そう言った男を振り返ると、なんと驚いたことに、声の主はライマン判事であり、今までに見たことがないほど酔っていた。まさか、ここで彼に会うとは思わなかった。酒で興奮しきっている男たちがついさっき彼に示した憤りを知っていたとしても、彼自身、思い切り酒を飲んだせいで恐怖心がすっかり麻痺してしまったのだ。

「そうだとも、ろくでもないやつだ。もし地獄の釜茹でがあるなら、もう味わっていてもらいたいものさ」

「あの男が硫黄の臭いがしたのも無理はないな」判事がくすくす笑いながら言った。

「臭いがするだって。悪魔が彼に硫黄の風呂をふるまっていなかったとしたら、お役目を怠っていたことになるだろうよ。そうだとしたらただちに悪魔の旦那に抗議したいところさ」

「ははは」と判事が笑う。「えらく興奮しているじゃないか」

「そうですかい。あのいかさま野郎には地獄だって上等すぎますぜ」

「黙りなさい。腹を立てるのはいいが、神を恐れぬ言葉は慎みたまえ」判事はまじめくさった風を装ったが、顔の表情がその弱々しい意志を裏切っていた。

「言葉が汚いだって。ふん。これは汚い言葉じゃない。これはいわゆる歯に衣《きぬ》を着せぬということさ。黒は黒、白は白って言ってるだけさ。判事、あんたは地獄の存在を信じているのですか」

「あると思う。ただ確信はないが」

「確信したほうがいいですぜ」相手は意味ありげに言った。

「ほう、どうして」

「なに、地獄が存在するとして、しかもあんたがちょっとは態度を改めないなら、人生の終わりに行き着くところがそこじゃないかということです」

「それはいったいどういう意味だ」判事は少し身を引きつつ、しかし、威厳をつくろいながらそう言った。

「言ったままです」というのが躊躇《ちゅうちょ》ない答えだった。

「あてこすりを言っているのか」眉をひそめながら判事は言った。

「あんたが聖人だとは誰も思っちゃいない」相手の男は乱暴に応えた。

「自分でそんなことを言ったつもりはないが」

「噂では」と男は侮辱するような視線をライマン判事の顔に向けながら言った。「あんたがあっちの世界へ行くときには、一番熱いところに入れるそうですぜ」

「この無礼者」顔を真っ赤にして判事は言った。

「言葉には気をつけるんだな」相手の男は威嚇するように言った。

「おまえこそ気をつけろ」

「それは分かった、だが――」

「そんな議論で誰が得するというんだ」別の男がそのとき会話に割って入った。

「悪魔が得するだけさ」とライマン判事が言った。「もし誰かが警戒の目を光らせていないとな」

「それは俺に対して言ってるのか、えっ」判事とのあいだでこの諍いを始めた当の男は、腕まくりをして、まさに殴り合いを開始しようという格好だった。

「誰であれ私を侮辱するやつに対して言っておるのだ」

声を荒らげていがみあう二人の様子が酒場にいた男たちの注意を引いた。

「あっ、ライマン判事がいるぞ」誰かが驚きの声をあげた。

「あの人はウイリー・ハモンドがグリーンに殺されたとき、一緒にいたんじゃなかったか」別の男が聞いた。

「そうだ。しかも、一晩中、ウイリーを鴨にしてグリーンとふたりで巻き上げた分を分け合っていたらしい」

最後の言葉がライマン判事の耳にはっきり聞こえ、彼はすぐに立ち上がると大声で叫んだ。

「そんなことを言うやつはとんでもない嘘つきだ」

その言葉が口をついて出るのと同時に誰かが彼を殴りつけ、判事はよろめいて壁に叩きつけられた。さらにもう一発パンチが見舞われ、殴った男は横たわった彼に襲いかかって、顔といわず胸といわず残酷なまでに判事を蹴りまくった。

「殺せ。そいつはグリーンより悪いやつだ」誰かが叫び、冷酷で殺意あふれる声に思わず私の血は凍った。「ウイリー・ハモンドの恨みを忘れるな」

その後、人を打ち付ける音に交じってわめき叫ぶ声、聞くに堪えない悪態などの入り交じった喧騒がしばらく続き、「やめろ、もう殴るのはよせ。やつは死んでいる」という声が数度繰り返されてやっと男たちは殴るのをやめ、荒れ狂った喧騒もようやくおさまった。ライマン判事の体から男たちが離れたとき、ちらっと彼の顔が見えた。顔中血だらけで、どこに目や鼻があるのか判別しがたくなるまで踏み潰されていた。気分が悪くなった私は急いで部屋から外へ出ると、数回深呼吸してやっと息が楽になった。宿屋の前にたたずんでいると、ライマン判事の体が三、四人の男たちによって自宅の方向に運び出されようとした。

「死んだのか」私は運んでいた男たちに聞いてみた。

「いや」と答えが返ってきた。「死んではいないが、ひどく殴られている」そう言って彼らは行ってしまった。

再び酒場から男たちが何かを争うやかましい声が聞こえた。私はそこに戻って、騒ぎの原因を確かめたり、悪魔のような男たちが、酒に煽られ激情のままに振る舞うさまを見たりしたいとは思わなかった。自分の部屋に入ろうとした私の頭にふとある考えが浮かんだ。グリーンの見つかったのが私の部屋であるかぎり、ひょっとして私が彼をかくまっていたのではないかと誰かが言い出せば、それだけで酔っ払いたちの狂った怒りの矛先が私に向けられる。

「ここは安全じゃない」強い確信を抱いて私はそうつぶやいた。

この考えを否定したい気持もなかったわけではない。だが、考えれば考えるほど今夜この部屋で寝ることはあえて冒す価値のない危険なことだとの考えに落ち着いた。

そこで、スレイド夫人を探して、別の部屋を用意してもらおうとしたが、夫人は宿屋にはいなかった。尋ねてみると、ハモンド青年の死以来、彼女は興奮状態で気絶することがいくどとなくあり、今日の午後早く連れられていった親戚の家に娘とともにやっかいになっているそうである。

それならメイドに頼んで部屋を代えてもらおうと言いかけたが、それも慎重さに欠ける気がした。もし人々の怒りが万一、私に向けられたとしたら、私の居場所について真っ先にメイドたちが問いただされるだろうからだ。

「この建物にいること自体が危険だ」私はつぶやいた。「二件、いや三件の殺人事件がすでに起きている。血に飢えた猛獣が野に放たれたようなものだから、またすぐに誰かが襲われないとも限らないし、どの方向に襲ってくるかも知れたものではない」

そんなことを考えているあいだにも酒場からはますます大きく猛り狂ったような声が聞こえてきた。人を殴る音が聞こえ、叫び声と悪態も聞こえた。危険が迫っているとの思いに思わず身を震わせながら、私は急いで階下に降り通りへ出た。その直前、ちらっと談話室を眺めるとグリーンの死体が放置されていた。ちょうどそのとき、酒場のドアが勢いよく開けられ、喧嘩をしていた男たちが投げ出されるように談話室になだれこんできた。私の足は一瞬釘づけになったが、その瞬間にも賭博師の死体の上で殴りあう男たちの姿が垣間見えた。

「ここにはいられない」ほとんど声に出して私はそう言いつつ急いで宿屋をあとにし、シーダヴィル訪問の際に何くれとなく親切にしてくれたある紳士の住まいへと足を運んだ。私から詳しい説明をするまでもなく、温かく迎えられベッドが提供された。

なんという違いだろう。まるで悪魔の巣窟から天国へやってきたようなものだ。そんな感慨にふけりながら、私は、快活な主人が提供してくれた静かな部屋にひとり座り、今日一日の恐ろしい出来事について考えた。悪行にふける者は相応の報いを受ける。この予言がかくも確実にしかも鮮やかに的中するとは。

翌日、私はシーダヴィルを離れることにした。早朝、「鎌と麦束亭」に戻ってみると、嵐は収まり静かではあったが、すべては荒涼としていた。嵐が止んだのは数時間前だったのか、残された激情の狼藉の痕跡は見るも恐ろしい様子だった。ドア、椅子、窓、テーブルなどは壊され、酒場の真鍮《しんちゅう》の飾りが強い力で壁からもぎ取られた箇所もあった。その力は殺人と同じ激情に動かされたものに違いない。ただ、武器がなかったために、殺人にはいたらなかっただけだろう。血溜り、血痕、あるいはすでに干からびた血の跡などが酒場と廊下のいたるところに見られ、それはベランダの各所にも及んでいた。

談話室には依然としてグリーンの死体が放置されていたが、ここにも狼藉のあとを示す印がいくつもあった。姿見は粉々に壊され、ガラスの細かいかけらは掃除もされないまま床に散らばっていた。あきらかに武器として使われた椅子の脚が二本とれたまま隅に投げ捨てられていた。そして死体の置かれていた台も元あった位置からずらされており、自らがたきつけた常軌を逸した沙汰に、死して後も彼がさらされていたことを示していた。顔からはシーツがはずされていたが、誰ひとりとしてシーツを元に戻してやるものはなかった。死体は日の光のもと青白い姿をさらしてそこに横たわっていた。かすかに臭いだした腐敗臭に引き寄せられた蝿たちが忙しくその上を飛び回っていた。目をそむけながら私は死体に近づき、シーツをきちんとかぶせてやった。

酒場には誰もいなかった。厩舎のほうへ行ってみると頭を包帯でぐるぐる巻きにした馬子に出くわした。片目のまわりに青あざができており、頬には目をそむけたくなるような赤い傷があった。

「スレィドさんはどこかな」私は聞いた。

「寝ています。たぶん、一週間は起きられないでしょう」

「そりゃまたどうして」

「当然ですよ。馬鹿な人だ。昨日の晩、あちこちで喧嘩騒ぎになり、あの人もそれに巻き込まれたんです。余計なことを言わなければ、五体満足に逃げられたものを。ところが、酒が入っていると頭が回らないときている。おかげでこの俺まで目にはあざができるし頭を怪我してしまった。だって、あの人が殺されかかっているのをみすみす見逃すわけにはいかんでしょう」

「あの人の傷は重いのか」

「ええそうです。片目がきれいになくなりました」

「なんだって」

「聞いて驚きでしょう。でも、そうなんです」

「片目がなくなっただって」

「そうです。今朝医者が来て言うには、片方の目がきれいにえぐられているそうです。昨夜、てっきりあの人は死んだと思ってみなで二階に運んだときは、その目が頬に飛び出していました。それで私がこの手で目に埋め込んでおいたんです」

「おお、なんということだ」話を聞いて気分が悪くなった。「ほかに傷は」

「医者の話だと、内臓もいくつかやられているようです。なにしろ、連中は野獣を相手にするようにあの人を蹴ったり踏みつけたりしていましたからね。あんな血に飢えた集団をこれまで見たことがありません」

「酒のせいだね」と私が言った。

「そうです。そのとおりです」という応えが勢いよく返ってきた。

「酒のせい以外の何物でもない。悪魔のような振る舞いをした連中のなかには、素面《しらふ》だとシーダヴィルで一番無害な者もいるんですよ。そうです、すべては酒のせいだ。酒のおかげで頭は怪我するし、目には青あざができたんだ」

「ということは、きみも飲んでいたのかね」

「ええ、嘘をついても仕方がありません」

「酒がきみに危害を及ぼしたわけだ」

「それは俺が一番分かっています」

「それなら、どうして酒を飲む」

「なに、酒がそこにあるからですよ。酒は四六時中、俺の目の前にあって、ときどきちょっと一杯やるのは息をするのと同じくらい自然なことです。それに俺が酒のことを考えなくとも、ほかの誰かが考えてくれて、『さあ来いよ、サム、酒でも飲もうや』と言ってくれるんです。俺のような若僧にはどうにもしようがありません」

「でも、そんなことを続けていて怖くないか。最後にどうなるか分かっていないのか」

「みんなと同じようになるんでしょう。酒で身を持ち崩す。このふたつは切っても切れない関係だ」

「それならどうしてそんな誘惑をはねつけないのだ」

「旦那がそう言うのは簡単なことかもしれません。でも、この俺がどうして誘惑から逃れられるって言うんですか。どこへ行けば酒場のないところがあるんですか。どこへ行けば、『さあ、サム、酒を飲もうぜ』と誰も言わない場所があるというんですか。無理です。俺は馬子だし、ほかのことは何もできない」

「農場で働けないのか」

「それはできます。でも、一マイルあたり三、四軒の酒場、居酒屋が国中にあるとしたら、どうして酒に手を出さないですみますか。方法を教えてください」

「次の選挙で禁酒論者に投票すればいい」

「しましたとも、前回の選挙で投票しましたよ」男は顔を輝かせて言った。「もし、それで救われるのなら、来年も同じ候補者に投票します」

「禁酒法についてはどう思っているのかね」

「思うも何も、もし俺が敬虔な人間なら、死んだお袋はそうだったけど、俺はあいにくそうじゃないけど」と言いつつ彼の声は沈んだ。「もし俺が敬虔な人間なら、朝と夜とを問わず、一日に二十回でも神さんに祈って、禁酒法の制定をみんなの心に植えつけさせますよ。そうなったら、少しは望みが持てる。でも、今の状態じゃどうにもならない。酒に近づかないようにするなんてできっこないです」

「酒好きの男たちはみな、きみと同じ意見かね」

「同じ意見の者はざっと数えても二ダースは下りません。禁酒法に反対しているのは酒飲みではなくて政治家の方々ですよ。連中は庶民の目をくらまして、自分では酒の害をまったく知らない人々に人権の侵害とかなんとか恐ろしい話を吹き込んで、そのくせいったい、誰の人権が侵害されるのかさっぱり分からないし、あの人たちだって分かっていないんだ。酒販売業者の権利とかに関して言わせてもらうと、俺らのような人間を駄目にさせて金を儲ける権利なんてまったく理解できない。もっとも、酒販売業者から身を守る権利はあると思いますけどね」

鐘が鳴り、旅人の到着が告げられ、馬子は私のもとを離れた。

その朝のあいだに、バーテンダーのマシューとスレイドの息子が酒場での乱闘騒ぎで重傷を負い、しばらく寝込んだことを知った。スレイド夫人は依然として、あわれで危機的な状況にあり、一方、驚くほどの傷を負ったライマン判事は危機的状況を脱したようである。

保安官にとっては昨夜の出来事に関与した者たちを逮捕したりで大忙しの一日だった。スレイドも、頭を枕から起こせない状況であったものの、裁判所に出廷する代わりの保釈金を積むことを要求された。幸いなことに、私は裁判の証人として出廷することを免れ、午後の早いうちに、駅馬車に乗ってすばやく村を去ることができた。私が再びシーダヴィルを訪れるまでにそれから二年の歳月を要したのだった。

第八夜　因果応報

翌月、私はワシントンに滞在していた。ちょうど定例議会が開かれていて、まもなく会期切れになるころだった。グリーンとハモンド青年の事件に関与したことで、ライマン判事の評判はシーダヴィルのみならずほかの選挙地盤においても地に落ち、属している政党は彼を見捨てて、相手政党から批判の少ない候補者に切り替えた。そうすることで、選挙で勢いづく禁酒派に再び勝利することができたが、州議会には禁酒賛成派の候補が選ばれてしまった。いずれにせよ、ライマン判事にとってはこの冬が首都ワシントンにおける最後のお勤めとなったのである。

ワシントンに到着した日の正午ごろ、フラー・ホテルの読書室に陣取った私は、どこかで見た覚えのある男が部屋に入ってきて人を探している様子に気づいた。いったい誰だったかと思いあぐねていると、私の耳に男の話す声が聞こえてきた。

「議員の中にはどうしようもない男がいるそうだ」

「誰のことだい」相手が聞いた。

「なに、ライマン判事とかいう男さ」

「ああ、あの男か」相手は気乗りしないふうに応えた。「どうでもいいさ。議員連中にあの男がいまさら貢献することなどないだろうしね」

「重要な問題が持ち上がったときは、あの男の票が少なくとも何がしかの価値は持つさ」

「それをあの男はどう売ろうっていうんだい」冷たく相手は言い放った。

肩をすぼめ眉をひそめただけで、その質問に対する答えは出なかった。

「いや、私はそう睨んでいる」

「まさか、ライマンが自分の票を一番高く買うやつに売るというんじゃないだろうね」

「それは買い手次第だろう。そういう輩は利害関係に絡んだ連中だろうし、当該事実に関しては表に出てこない。私的利益を追求するのに政党への忠誠心なんて関係ないのさ。ライマン判事は、ロビイストたちといい関係で、連中と日々付き合っているようだ。今も、議会をさぼっているのは、公金を一個人のためというか、企業の利益のために使わせる法案に賛成してもらいたくて、判事に現生《げんなま》をつかませようとしている人物と会うためなんだ」

「まさか、本気で言っているんじゃないだろうな」

「いや、もちろん、本気さ。道徳的にも政治倫理的にもあの男は堕落しきっていて、選挙民のみならず、出身地の人々の面汚しなのさ」

「あの人がワシントンにいれば、選挙区の評判が落ちるだろうな」

「いやいや、現状では、議会に送り込まれた人間で選挙区の道徳的価値は測れないよ。議員というのはたんに政党の力関係を示しているに過ぎない。政党の予備選挙で選ばれた候補は、別に党の最良の候補でもなければ、国政に最も適した人間というわけでもない。候補者の中で、たまたま、有力者に一番コネがあったか、それとも、選挙で一番票を集めそうだということでしかないのだ。だからこそ、議会がくだらない連中でいっぱいなわけさ」

「ライマン判事に代表される男たちは、いつでも安々と国を売りかねない」

「そう、高い値がつけばね」

「彼は博打はするのか」

「博打は彼の仕事の一部だと言いたいね。聞いたところによると、博打の席にいない夜はほとんどないそうだ」

私はそれ以上聞かなかった。そんなことを耳にしても驚きはしなかった。どんなにひどい言われようであっても、彼の行状を知っている者としてはさもありなんという感じだった。

首都ですごした一週間のあいだに、議会の内外で当のライマン判事に会う機会があった。もっとも、議会の中という場合は、何か重要な法案の投票が行われるときか、特別待遇を与える法案の投票に関するときだけだったが。見たかぎりでは、後者については判事はもっぱら賛成票が多いように見受けられた。大通りでよろけている姿も数度目撃したし、投票をさせるために酔っ払ったまま議場に連れ出されることもあった。そのときなど、席に座るのもひとりではできないありさまだった。もっとひどい場合には、名前が呼ばれても眠っていて起きないので、投票させるために揺り起こさねばならなかったほどである。

彼の地盤にとって幸いなことは、これがワシントンでの彼の最後の日々だということだった。次の会期には、彼よりましな男が代わって席を占めているであろう。

最後にシーダヴィルを訪れてから二年の歳月が経過したある日、私は再びあの静かな村を訪れた。教会の尖塔が見え始め、緑色の野原や森を背景にあちこちで家々の並びが心地よい姿を見せ始めたとき、前回の訪問が忘れがたいものとなった事件の記憶

がまざまざと蘇ってきた。ウイリー・ハモンドの恐ろしい死と、彼の死で人生が終わってしまった傷心の母親のことに思いをはせていたちょうどそのとき、私の乗った駅馬車がハモンド邸のそばを通りかかった。なんという変貌ぶりであろうか。どこを見ても怠慢、荒廃の跡が一目瞭然だった。あちこちで塀はくずれ、あれほど手入れの行き届いていた生垣も、繁茂しているところがあるかと思うと、成長がとだえているところ、あるいは、枯れ果てているところなどさまざまだった。美しかった遊歩道にも雑草が生い茂り、柘植《つげ》の垣根も枯れ果てていた。最初見たときはきれいな花が虹色に咲き乱れていた庭園も荒れるがまま、まるで豚の餌場であった。屋敷をちらっと眺めても、煙突は壊れ、地面近い壁面のレンガははがれ、屋根には苔が生えていた。雷に打たれた木の枝が軒先まで垂れ下がり、今度嵐が来たら落下するしかないという状況だった。ポーチにまで伸びた蔦《つた》の大半は枯れ落ちていた。残った蔦も、手入れされていないため、無秩序に絡みつくか地面にひれ伏すだけである。ポーチの柱の一本が壊れていたが、それは、ポーチに通じる踏み段とて同じである。屋敷の窓は閉ざされていたが、ドアは開いていた。駅馬車がその前を通り過ぎたとき、私の目は一瞬、玄関口に座っている老人の上に留まった。ドアの近くではなかったので顔を見ることはできなかったが、豊かな白髪で誰かは容易に見てとれた。ハモンド判事だったのである。

「鎌と麦束亭」は依然としてシーダヴィルにおける駅馬車の発着場であり、それから数分後、私はそこに到着した。ここでも変化の様子は明らかだった。最初に目を引いたのは宿屋の門柱であり、八、九年前に初めて訪れたときには真新しい白地の柱がまっすぐに伸びて、金色に輝く麦束とまばゆい鎌を誇らしげに高々と掲げていた。ところが今や、柱は薄汚れてあちこちが傷つき、馬車の車輪がひんぱんにこすったためにできた傷や、いらいらした馬がかじった跡ですっかり磨耗していた。かつてまっすぐに伸びた状態から、かなり傾いたように見える様子は、まるで、上に置かれた色褪せ疲弊した屋号を恥じているかのようであった。門柱のまわりには汚い泥の水溜りがあり、その中で一匹の豚が嬉しそうに鼻を鳴らしていた。古い空のウイスキー樽の二つ、三つがベランダをふさいでいたが、そのベランダには野卑で顔の浮腫んだ男がひとり、椅子の後ろ脚で支える格好で壁に背をもたせかけながら、私が馬車を下り建物に近づくのを、片目で眺めていた。

「ああ、あなたでしたか」私が近づくと、男は億劫そうに立ち上がり、不明瞭な言葉遣いでそう言った。それが変わり果てたサイモン・スレイドの姿であることに私は気づいた。もう少し近づくと、閉じているのかと思った片方の目が潰れているのが分かった。前回の訪問で彼の酒場で私が目撃した光景がまざまざと思い出されてきた。あの晩、彼は自分がアルコール漬けにした残忍な群衆にあわや殺されるところだったのだ。

「またお会いできて嬉しいです。本当に嬉しい。なんて言ったらいいんでしょうか、その後いかがですか」

彼は酔っ払いながら私の手を取り、精一杯歓迎の意を表そうとした。

私にはそれがおおいにショックでもあり、落胆もした。かくも堕落してしまったのか。他人のために用意した奈落への落とし穴に彼自身ころがり落ち、もはや運命に抗う力も残っていないのである。

もうしばらく彼と話をしようとしたが、彼の頭の働きは鈍く、答えることも聞くことも支離滅裂で、私はまもなく彼のもとを離れ酒場に入っていった。

「二日ほどここに泊まりたいのだが」カウンター裏の椅子に座っていた間抜けで眠そうな顔をした男に尋ねた。

「いいですよ」男はそう応えたが、椅子から立ち上がろうともしなかった。

私はドアのほうへ向きなおり、立ち去ろうと数歩進んだところで思い直し、再び男のところに戻った。

「部屋はあるかね」

男はゆっくり立ち上がり、机のところまで行くと、そこで何かを探している様子だった。しばらくして、やっと彼は一冊の古ぼけてぼろぼろになった宿帳を持ってきて、それをカウンターの上に置き、ぞんざいな口調で、私に名前を記入せよと言った。

「ペンが要るんだが」

「ああ、そうだね」男はまたまた机の中をしばらく探したあとで、どす黒く固まったような羽ペンを取り出し、カウンター越しにそれを寄こした。

「インク」私は不快感をあらわに顔を見据えたままそう言った。

「インクなんてないなあ」彼はぶつぶつ言った。「フランク」男は主人の息子の名を呼び、酒場の裏手のドアのほうに行った。

「なんの用だ」荒っぽい不機嫌な声が聞こえた。

「インクはどこだったかな」

「そんなこと知るか」

「この前あっただろう。どこへやった」

「知るもんか」がなり声が聞こえた。

「あんたに見つけてもらいたいもんだが」

「自分で探せ、この××××」フランクの言った穢い言葉をとても伝えることはできない。

「もういいよ。鉛筆でもいいだろう」そう言って私は手帳から鉛筆を取り出し、名前を書こうとしたものの、油汚れがついてぬるぬるした宿帳にうまく字を書くことができない。

あとで名前を判別しようとする者がいたら、おおいに苦労することになるだろう。宿帳を見ると一週間以上も客がいない模様だった。

名前を書き終わったとき、フランクが口に葉巻をくわえ、煙をもくもくと噴き出しながら大股で入ってきた。がっしりとした大人に成長していたが、真の意味で男らしい大人というより、欲望のままに生きているような不快な感じが漂っていた。私の姿を見て、かすかに赤面する気配が見てとれた。

「いらっしゃい」と言って、彼は手を差し出した。

「ピーター」怠け者のバーテンダーに向かって彼は言った。「お客様に十一号室を準備するようジェインに言ってくれ。それに、ベッドのシーツを必ず代えるようにな」

「商売はあまり繁盛していないようだね」バーテンダーが言われた用事を果たすためにその場を離れたときに私は言った。

「そうです。もともと人の出入りが少ないところですから」

「お母上の具合はどうだね」私は聞いてみた。

かすかに困惑した表情がよぎったが、彼は次のように答えた。

「よくなっていません」

「それじゃ、まだ具合が悪いのかい」

「ええ、もうずいぶん長いことになります。これから先もよくなる見込みはないでしょう」彼の態度は必ずしも冷たいとか無頓着というのではなかったにせよ、声には感情がこもっていなかった。

「母上は家にいるのか」

「いいえ」

その話題に触れられたくない様子だったので、私はそれ以上尋ねなかった。そのうち、彼は折を見てどこかへ行ってしまった。

酒場の調度品に変わりはなかったものの、その状態に関しては目に見えて大きな変化があった。カウンターのまわりの真鍮《しんちゅう》の手すりはこの前来たときはぴかぴかに磨かれていたが、緑がかった黒色をしていて、緑青特有の嫌な臭いがしていた。壁は埃やタバコの煙、蝿の糞などが付着し、汚れた窓からはわずかな太陽の光しか差し込んでこなかった。床も汚い。酒場の背後には、酒を並べるはずの棚に、空か半分しか入っていないデキャンター、葉巻の箱、レモンの皮、古くなった新聞、グラス、壊れたピッチャー、帽子、汚れたチョッキ、それに、靴磨き用のブラシなど、そのほか思い出せないくらいの雑多なものが置かれていた。部屋の空気には嫌な臭いが充満していた。

酒場の雰囲気に耐えられなくなり、私は談話室に逃れた。調度品はみすぼらしくなっていたが、それでもこの部屋はまだきちんとしているように思われた。ところが、部屋の姿見やテーブルの上には指で署名ができるほどの埃が積もっており、おまけに、部屋のよどんだ臭いは酒場よりひどい。私はすぐに部屋を出て廊下を抜け、新鮮な空気を吸おうとベランダに出た。

スレイドがまだ壁を背にして座っていた。

「いい天気ですね」つぶやくような調子で彼は言った。

「そうだね」

「いい天気ですよ」

「五年前と比べて商売はよくないのだね」

「ええ、それというのも、あの禁酒派の連中が何もかも無茶苦茶にしているんです」

「へえ、そうなのかい」

「そうですとも。あなたが初めてこの『鎌と麦束亭』にお越しになったときから、シーダヴィルは変わってしまった。畜生。あの禁酒派の連中の野郎め。あの連中が何もかも台無しにしたんだ。何もかも」

それから彼はなにやらぶつくさと言っていたが、言葉が不明瞭で皆目理解できなかった。ほんの少し理解できた部分も支離滅裂だった。そこで、落ちぶれ果てた彼の運命をあわれみながら私は彼のもとを離れ、今回の訪問の目的である用事を果たすべく町のほうへ向かった。

その日の午後に知ったことだが、スレイド夫人はシーダヴィルから五マイルほど離れた精神科病院に入れられているとのことであった。スレイドが、地味だが立派な職業である粉挽き稼業をやめ宿屋経営に乗り出して以来、おかしくなり始めた彼女の精神を、ハモンド青年が殺害されたあの日の出来事が完全に狂わせてしまった。彼女の頭はもはやそれ以上耐えられなかったのだ。ウイリーと母親がともに亡くなったという知らせが届いたとき、彼女はするどい叫び声をあげ、気を失ってその場に倒れこんだ。それ以来、彼女の精神のバランスは崩れ去った。それよりずいぶん前から、友人たちは不穏な様子を嗅ぎとっていた。彼女が目の中に入れても痛くない大切なフランク、純真で愛情深いあの子は、まわりの環境が申し分のない快適な田舎の家から宿屋へと移り住んだとたん、堕落せずにはおれなかったのだ。夫が運命の決断をしたその瞬間から、彼女の心に影が宿ることになった。彼女には、夫と子供たち、そして彼女自身の前に大きな穴がぽっかりと口をあける様が見て取れた。そして、二、三年のあいだに、自分たちが恐ろしい奈落の底に真逆さまに落ちるに違いないと感じた。

ああ、自慢の息子の堕落の予感がこんなにも早く最悪の形で的中しようとは。フランク自身に対してであれ、父親に対してであれ、身を憂う忠告の言葉がこれほど無益であろうとは。宿屋が開店し、フランクがその空気を呼吸し始めたその日から、彼の心の荒廃が始まっていたのだ。酒の臭いが彼を異様に高揚させ、酒場で交わされる話題が、彼の耳には新しかっただけに、すぐにその心を支配し、母があれほど努力して息子に植えつけようとした人間味あふれる純真で優しい考えを追い払ってしまった。

ああ、人間の心というものは、なんと貪欲に悪を取り込もうとするものか。フランクのように、人を堕落させる酒場の感化力に取り囲まれている若者には、なんと事態は絶望的であることか。息子の破滅を予見していたなら、スレイドはそんな恐ろしい結末を招来する計画など立て得なかっただろう。まさに因果応報である。金儲けをしようとの打算で堕落と崩壊と死をもたらす商売に乗り出したとき、彼は自分と家族はなんとか無事に地獄の猛火を通り抜けられるとかすかに信じていたのだろう。だが、わずか数年でそのあやまちが証明されたことはすでに見てのとおりである。

聞いた話では、娘のフローラは母親に付き添って看護に全身全霊を捧げているとのことだった。強い恋心を抱いていたウィリー・ハモンドの恐ろしい死は娘の理性をも打ち砕かんばかりだった。あの恐ろしい悲劇が起こって以来、彼女は家には寄りつかなかった。意識もはっきりしない母に付き従って、その看護に明け暮れる毎日を過ごしている。それよりだいぶ前から、彼女と母親はともに、フランクに対する影響力を失っていた。堕落へと向かう弟の足を止めようと、どんなに姉が努力してみても無駄だった。ときには懇願し、また真剣に説いてみても涙を流してみても無駄だった。いずれの場合も、最後には彼女自身が心に傷を負い、弟のほうは立ち止まる気配すらなく、ひたすら破滅への道を突き進むのだった。父親の変化も彼女の純真で若い魂には深い悲しみの種であった。かつてはあれほど優しく陽気であり、自分のことを自慢して深く愛してくれたあの父が。弟同様、父に対しても、もはや彼女にはどうすることもできなかった。それどころか、父は彼女をさけるようになり、まるで、彼女の顔を見るのが不愉快だといわんばかりだった。それゆえ、彼女が不幸な家を出たとき、もう二度と戻るつもりはなかった。なにかの折に「鎌と麦束亭」に思いが及んだときも、初めて人生の苦々しさを味わわせてくれたその場所に激しい嫌悪を感じた。心の奥底から、二度と再び目にすることのないよう祈るばかりだった。ほとんど修道女のような生活を送るなかで、彼女は心のまわりに厚い忘却のマントを重ねていたのである。

母親の状況がフローラの看護を必要としたことは明らかだったが、そうでなければ、律儀な彼女ゆえ、きっと汚れはてた家に戻っていたことであろう。そして、ある種の生きながらの死を経験するなかで、ひたすら、落ちぶれた父と弟のために献身していたことであろう。しかし、彼女はその実りなき犠牲という試練だけは免れたのだった。

夜になって、再び私は「鎌と麦束亭」の酒場に足を踏み入れた。眠たげで無頓着だったあのバーテンダーはいくぶん本来の姿に戻り、きびきびとして頭も働いていた。食事を流し込むために飲む大量のビールのせいで頭がぼうっとなっていたスレイドも、だいぶ調子を取り戻した様子だったが、まだ話をする気にはなれないようだ。彼はひとりテーブルに座り、部屋の中を眺めまわしていた。彼の思惟が心地よきことなのか、それとも不快な思いにとらわれていたのかは知る由もない。フランクもその場にいて、がさつでやかましい連中の輪の中心にいた。連中の卑猥《ひわい》で汚らしい言葉が酒場にこだましていたが、もっとも大きく、粗野で汚らわしい声はフランクのものだった。だが、彼の口をついて出る汚らしい言葉遣いは父親をいっこうに惑わす様子はなかった。

ついに、この胸糞の悪くなるような場面に我慢できず、私が酒場を出ようとするとき、誰かがたった今、酒場に入ってきた若者に声をかけるのが聞こえた。

「なんだ。ネッドじゃないか、親父さんがお前を付け回しているのに大丈夫なのか」

「ええ」声をかけられた人物はほくそえんだ。「親父は祈禱会に出かけました」「お祈りの恩恵に浴しているってわけだ」と軽口がとんだ。

私は若者の顔をよく見ようとそちらのほうを見た。顔にはなじみがあったが、誰だか思い出せなかった。ところが、すぐに誰かが彼をネッド・ハーグローヴと呼んだので、数年前に起こった忘れがたい事件をまざまざと思い出した。読者も、「鎌と麦束亭」の酒場にハーグローヴ氏が現れて酒場にいた男たちとやりとりしたこと、次いで、息子を連れて彼が酒場から帰っていったことを覚えておられるだろう。父親が息子の行状を心配し、酒場の誘惑から息子を救おうとした努力が、今回のことで無駄に終わったことが実証されたわけである。息子のほうは数歳大きくなっていたが、表情から察するに、悲しいことに実年齢においてより、悪の道においてはるかに年輪を重ねていた。

すでに述べたように、彼とその話し相手の間で交わされた言葉が気にかかり、私はドアから引き返して、ハーグローヴのそばの椅子に座ることになった。私がそうしていると、サイモン・スレイドの目がハーグローヴ青年の上に留まった。

「ネッド・ハーグローヴか」スレイドは乱暴に言った。「酒が欲しいならさっさと飲んで、出て行ってくれ」

「心配するなよ」若者は応えた。「酒代はちゃんと払うから」

この言葉が店主をいらだたせ、ハーグローヴに毒づきながら、「お父ちゃんやお母ちゃんにお尻を追いかけられるガキなどここに来て欲しくない」と言った。

「大丈夫さ」ハーグローヴと最初に話していた男が言った。「親父さんは祈禱集会に行ったそうだ。今夜はご尊顔を拝さなくてすみそうだ」

父親のことをこのように悪しざまに言われて、どのような顔をするだろうかと私は若者の顔を見つめた。わずかに嫌悪の表情が見られたが、親の名を汚されたことに抵抗するだけの勇気を欠いていることが分かった。彼自身、真っ先に親の名を汚しているのだから、それも当然かもしれない。

「地獄の底にいても、あの人はネッドがここにいることを見つけ出すだろう。三十分もすれば追いかけてくるだろうよ」スレイドは言った。「あの鬱陶《うっとう》しい信心ぶった顔を毎晩見せられるのにはうんざりなんだ。何度も言ったように、親に向かって放っておいてくれと言えないのなら、酒場に近寄らんでもらいたい」

「どうして親父さんに嫌みのひとつでも言って追っ払わないんだ」ほとんど同年の男が言った。「俺の親父も同じようなことをしたが、俺のほうが上手だってことをすぐに分からせてやった」

「次に俺に付きまとったら、そうしようと思う」

「そうだとも。今まで二十回近くそう言ってきたからな」フランク・スレイドが馬鹿にしたように言った。

エドワード・ハーグローヴはそれに反発するだけの根性がなく、ただ次のように言うだけだった。

「今夜、親父が現れたら、目の当たりにさせてやる」

「まあ、無理だろうな」フランクが嘲笑した。

「こりゃ面白い。もしそうなったら、ぜひ間近で見たいものだ」誰かがそう言った。

「こいつは親父さんのことをひどく怖がっているからな」そう言った酔っ払いは、歳の頃からすると、父と息子の関係にもっと敬意を払ってよい男だったが、飲酒とよくない連中との付き合いさえなければ、間違いなくそう反応しただろう。

「さあ、頑張れ」誰かが嬉しそうな声でそう言った。「ネッド、負けるなよ。あきらめるな」

入り口のほうを見ると、そこにはエドワード・ハーグローヴの父親が立っていた。以前ここでも見かけたし、用向き先でも見た。幅広い額、しっかりとした柔和な目、毅然たる口許、立派なたたずまいの記憶そのままの人物が立っていたのである。背中はわずかに曲がり、髪は白く、目は落ち窪み、痩せた顔には深い皺《しわ》が刻まれていた。顔にはあわれを誘う悲しみの表情があった。だが、ときの流れと苦悩にも負けない不屈の決意がその態度に表れていて、威厳に満ち、思わず敬意を表したくなるほどであった。数歩進み寄った後、その場に立ち尽くし辺りを見回して息子の姿に気づくや、優しく、しかしはっきりと彼は切り出した。その声には息子に対する父親の情愛がこもっており、抵抗することは困難に感じられた。

「エドワード、エドワード。私と帰ろう」

「行くな」この言葉は小声で発せられたのみならず、発言者はハーグローヴ氏から顔をそむけていたので、父親には男の唇の動きは分からなかった。しばらく前、男はエドワードの父親のことを威勢よく非難していたくせに、本人を前にして堂々と向かうことはできなかったのだ。

私はエドワードを見た。彼は座ったまま動かなかったが、父親に対して必死で抵抗しているようだった。

「エドワード」父親の声にはなんら命令的なところはなかったし、厳しい口調も感じられず、ただ、息子を今すぐこの場所から連れ帰らねばならないという親の信念ともいうべき抵抗しがたい力が込められていた。そして、最終的に勝利を占めたのはこの力だった。

エドワードは立ち上がり、目を床に伏せたまま、仲間のいるところから歩き始めた。

「情けない弱虫め」フランク・スレイドが叫んだ。

ハーグローヴ氏は直立姿勢のまま、ちらっとフランクを見た、というより、一筋の怒りの閃光を投げかけた。一言も言葉を発しないまま、視線でフランクを動けなくしたのだ。フランクは老人を睨み返そうとしながら、弱々しく唇を嚙むだけだった。

「もうやめろ」サイモン・スレイドはうんざりした口調で言った。「もう騒ぎはたくさんだ。もうこりごりだ。ネッドを早く連れ帰ったらどうだね。その子にはここにいてもらいたくない」

「この子に酒を売るのをやめてくれ」ハーグローヴ氏が言った。

「酒を売るのが商売なんでね」スレイドが開き直って言った。

「もっとまともな商売をしたらどうなんだね」ハーグローヴが嘆かわしげに言った。

「親父を馬鹿にするやつは殴り倒してやる」フランク・スレイドがそう叫びながら立ち上がり、今にも殴りかかりそうな姿勢をとった。

「どうであれ、親思いの子供の姿はいいもんだ」ハーグローヴ氏は落ち着いて応えた。

「ただ、できればもっと立派な父親であってもらいたいもんだ。父上がもっと――」

そのとき、フランク・スレイドが発した、というよりわめきちらした恐ろしい悪態を書いて頁を汚すのはやめておこう。ともかく、彼は拳を握りしめてハーグローヴ氏に飛びかかった。しかし、彼が微動だにしない老人――ハーグローヴ氏はその場に立ったまま、まるで、野獣の目を見つめながら、きっと野獣は彼の凝視に耐えられないと確信しているかのようだった――を捕まえる前に、ひとりの男の手が伸びて、フランクの片腕をつかんだ。

「お兄ちゃん、やめておくんだな。このお方の髪の毛一本触れてみろ、お前の首をへし折ってやるぞ」

「ライアン」フランクはそう叫ぶと、もう一方の手で彼を殴ろうとした。一瞬、上げられた拳骨が空中にとどめられ、やがてゆっくりと体の横に下ろされ、フランクはただ、悪態をつくほか術はなかった。

「ののしりたいだけ、ののしればいいだろう。そんなことをしても、おまえの品格を汚すだけだからな」ライアンは冷静に言った。以前ここに来たとき、この男と何度か会話したことを思い出した。

「ライアンさん、有難う」ハーグローヴ氏が礼を述べた。「毅然たる態度で仲裁してくださって。あなたに助けてもらえるとは思ってもいなかった」

「若者が老人を殴るのを放っておけませんから」ライアンはきっぱりと言った。「それを別にしても、目の前であなたが乱暴されるのを許せないわけがあるんです」

「ライアン君、ここはよくない場所だ、そのことはきみに何度も説教したはずだ」彼は声をひそめて言った。「だのに、どうしてきみはここへ来るのだ」

「よくない場所だってことは分かっています」ライアンは悪びれもせずそう言った。「そんなことはみんな分かっています。でも、習慣ですよ、ハーグローヴさん、習慣です。因果なことですよ、まったく。酒場が全部閉まれば、そりゃ別の話になるんでしょうが。禁酒法を通してください。そうすりゃ、われわれにも希望が見えてくる」

「なら、どうして禁酒派に投票しないのだ」ハーグローヴ氏が聞いた。

「どうして投票したかと聞いてもらいたいです」

「私はてっきりきみがわれわれに反対票を投じたと思ったよ」

「いいえ。自分の利害にそれほど無関心ではありません。それに、本当のことを言うと、スレイド親子を除いた、この部屋の男たち全員が議会のあなたの側に賛成票を入れたと知ってもなんら驚きません」

「酒飲みの男たちがわがほうについたというのに、選挙で負けたのは不思議議じゃないか」

「危険を知らず、政党政治にうつつを抜かしているあなたの党の穏健派とやらを責めればいいでしょう」ライアンが応える。「われわれは酒害と直接つきあって、その恐ろしさは骨身にしみています」

「来たまえ、ライアン君、きみともう少し話がしたい」

ハーグローヴ氏、息子、それにライアン氏は連れ立って立ち去った。彼らが出て行った後、フランク・スレイドは言った。

「なんといまいましい嘘つき野郎だ」

「誰のことだ」

「もちろん、ライアンのことさ」フランクは高飛車に言った。

「それをやつの前で言ってみろよ」

「それはやめておいたほうがいいんじゃないか」別の男が言った。

これを聞いたフランクは立ち上がって酒場の中をうろついて、呑み助特有のうんざりする虚勢をはった。父親ですら息子が体たらくをさらしていることに気づき、彼をどなりつけた。

「フランク、やめろ。もう十分だ。これ以上、不細工な真似はするな」

父の言葉に逆上したフランクが傲慢な口答えをしたために、とうとう父親は怒り心頭に発し、酒場から立ち去るよう命じた。

「この場が気にいらないのなら、おまえが出て行けばいいだろう。俺はここが気に入っているんだ」フランクは口答えした。

「ここから出て行け。この生意気なやくざ者めが」

「いやなこったね」落ち着き払ったフランクの言葉が父親を激怒させ、急いで立ち上がると息子の立っている位置までつめよった。

「出て行けと言っただろうが」スレイドは頑として言った。

「喜んで従いたいところではありますが」とフランクはおどけた口調で言った。「だが、そうするのはちょっと不便なもんでね」

半分酔っていたうえ、怒りでわれを忘れたスレイドは、手をあげて息子に殴りかかろうとした。誰かが彼の腕をつかみ後ろに引き戻さなければ、こぶしは振り下ろされていたであろう。酒場に集った堕落した面々とはいえ、そこに立ち尽くして父と子のあいだの暴力的な流血沙汰を見るに忍びなかったのである。というのも、フランクの顔つきとすぐに応戦の構えを見せた姿から、もし父親が手を出していたら、すぐさま、彼も殴り返していたことは間違いなかったからである。

行き場を失った憤りのなか、父と息子が恐ろしい呪詛の言葉を投げあうのを私はそれ以上、聞いていられなかった。かくも人間とは堕ちるものかと思うほどこれまで見たこともないショッキングな場面だった。そこで、私は酒場をあとにし、息苦しく胸糞が悪くなる場所から抜け出してほっと息をついたのであった。

第九夜　恐るべき結末

スレイドも彼の息子も翌朝の食事の席に姿を見せなかった。私もあまり食欲が湧かなかったが、それが気分の問題からなのか、前に並べられた食事のまずさのせいなのか問う気にもなれなかった。ともかく、本来なら腹の空いた人間には楽しい場所であるはずの食堂が息づまるように居心地が悪く、私はすぐに退散した。

二、三人の酒飲みたちが朝早くからすでに酒場にいた――青白い顔色をしたやる気のない男たちで、ブランディかウィスキーを一杯ひっかけなければ、その日の仕事を始めることができないのである。彼らはそっと酒場にやってきて、小声で酒を注文すると黙って飲み干し、立ち去った。見ているだけで憂鬱《ゆううつ》な気持にさせられた。

九時近くになって、主人が姿を見せた。彼もまたそそくさと酒場に入り、ただちにブランディのデキャンターをつかむと、半パイントほど注いで、それを一気に飲み干した。手は恐ろしいほど震え、注ぐときも、グラスを口に持っていくときもブランディがこぼれ落ちた。なんという惨めな姿であろうか。まだ昨夜のスレイドには酒の力を借りていくぶん活気があり、体に張りと軽やかさがあったが、今朝の様子はひどかった。十年前の粉挽き業と今の酒場の主人の姿。これが同じ人間だとは誰に想像できようか。

　スレイドが酒場から離れようとしたとき、ひとりの男が入ってきた。すると主人の様子に突然の変化が見て取れた。スレイドはほとんど怯えに近い驚愕した表情だった。男はポケットから一連の書類を抜き出すと、その中から一枚の紙を取り出し、スレイドに見せた。スレイドはしぶしぶ受け取ると、紙を広げ、その上に書かれた文字に眼を落とした。私はその様子をじっとうかがっていたが、彼の顔が著しく紅潮するのが分かった。そして、赤かった顔色はすぐに変化し、以前よりいっそう青ざめた。

「結構です。承知しました」なんとか落ち着きを取り戻そうとしながら、しかし、一言一言をかみしめるようにスレイドは言った。

　男はいかめしい顔つきのいかにも保安官代理然とした男で、尊大な足取りで立ち去っていった。男が出て行くのを見届けた後、スレイドは酒場を離れた。

「やっかいなことになりそうだ」バーテンダーが独り言とも、私に問いただしてほしいとも言いたげにつぶやく声が聞こえた。だが、私にはそうするのがはばかられる気がした。

「とうとう保安官が腰を上げたな」バーテンダーはさらに言葉を重ねた。

「ビル、何があったんだ」酒場に入ってきた男が、なれなれしくカウンターに身をかがめ尊大な口調で尋ねた。「ジェンキンズは誰を狙っているんだ」

「親父さんですよ」と応えたバーテンダーの声には、無念というより喜びが感じられた。

「まさか」

「本当です」バーテンダーのビルは今度は口に笑みを浮かべて言った。

「なんの罪だ」

「知りませんよ。なんだって構いやしません」

「召喚状をもらったのか、それとも、強制執行処分になるのか」

「さあね」

「ライマン判事との裁判ざたが不利に働いたんだろう」

「本当ですか」

「そうだ。聞いたところによると、ライマン判事はスレイドの首根っこを押さえつけられるのなら、一切合財、ぶちまけると言ったそうだ。判事は言ったことは実行するやつだからな」

「でも、どうして親父さんがライマン判事にそれほど借りを作ったんですか。仕事の付き合いがあるわけでもないし」バーテンダーは聞いた。

「共食いっていうやつだろう」

「それはいったいどういう意味ですか」

「猟犬は二頭が組んで獲物を追い詰めるという話は聞いたことがあるだろう」

「ええ」

「ハーヴェイ・グリーンが報いを受けてからというもの、頭も分別もないくせに金だけは持っている村の愚かな若者を手玉にとるのは、ライマン判事とスレイドの仕事なんだ。ふたり一組になって、スレイドが獲物を誘い込み、判事が金を搾り取るというわけさ。ところが、それも一年ほど前にストップがかかった。獲物がなくなれば、あとは、言ったとおり、共食いしかない。俺の見方が間違ってなければ、これで一巻の終わりというわけだ。さて、強いトディでも作ってもらおうか。『鎌と麦束亭』が看板を下ろす前においしい酒を味わっておきたいからな」

男は自説に満足し、笑い声をあげた。

その日のうちに、事態が男の推測したものにほぼ間違いないことを私は知った。ライマンの訴えは、さまざまな催促払いの手形の不履行に関するものだったが、誰も、ふたりのあいだで資産の取引があったことは知らなかった。スレイドは裁判所に出向き自己弁護することすらしなかった。保安官代理が訪れたのは、そのための強制執行が目的だったのである。

その日、シーダヴィルを歩いていると、村の様子がすっかり変わってしまったように思えた。はたしてこれは事実なのか、それともたんに私の気のせいなのかを自問したくらいである。明るくてつつましやかだった村が、陰鬱《いんうつ》で見捨てられたような村に変わっていた。空気には重苦しい沈黙が感じられた。将来への期待感が消え失せ、活気のある生活が停止してしまったような、いってみれば、誰かが突然、ポーカーの席から降りた印象である。たとえば、ハリソン氏の家がそうだ。彼は二年ほど前、息子が危機に瀕していると知って、急に酒販売の害悪に気づいた人物だが、その家など、シーダヴィルでももっとも趣のある邸宅のひとつだった。家を取り囲む美しい植え込みと花々に見とれて足を止めたことが何度もあった。遊歩道は美しく、縁取る花壇も瑞々しく同じ丈に整えられており、涼しげな庵は魅惑的だった。眼にふれるところはすべて、趣味のよさが際立っていた。ところが、今、家のそばにさしかかってみると、変化の現実に疑いの余地はなかった。はっきり手入れを怠った跡が見られるというのではない。だが、洗練された細かな気配りに欠けていたのである。遊歩道はきれいに掃かれていたが、柘植《つげ》の花壇は手入れが行き届いていなかった。以前ならきれいに剪定されていた蔓《つる》や灌木《かんぼく》にも、何か月も鋏が入った形跡がなかったのだ。

　私が変化のさまに驚いていると、家の中から中年を過ぎたひとりの女性が出てきた。顔に浮かんだ深い苦悩を見て取ると、思わず心に痛みを感じた。その場を立ち去りながら、かつてはあの胸に宿っていたであろう幾多の希望が無残にも打ち砕かれてしまった現実を思い嘆かずにはおれなかった。想像したとおり、それはハリソン夫人であり、数時間後に案の定、ふたりの息子が飲酒に溺れ、それに加えて、賭博の誘惑に堕ちたことを知った。かわいそうな母よ。わずか数年のあいだに彼女の人生はなんと惨めなものになってしまったことか。

　さらに歩を進めると、ハリソン邸以上にはっきりとした変化があちこちで見られた。ライマン判事の美しい邸宅はまったく打ち捨てられていたし、初めてシーダヴィルを訪れたときあれほど整然とした洗練さで私を魅了したいくつかの家々も同様であった。どこも、聞いてみると、家の主か家族が「鎌と麦束亭」の常連であり、すでに酒のために荒廃しきっているか、その途上であるかを問わず、村にあの酒場ができたときからそれが始まったことに間違いはなかった。

　様変わりした光景に好奇心を刺激された私は、昨日眼にしたハモンド判事の屋敷をさらに仔細に眺めようと思い立った。古びて朽ち果てた屋敷に近づき最初に気づいたのは、門や玄関の扉、それに窓に張られたビラだった。近づいてみると、そのビラの内容が理解できた。屋敷は差し押さえられ、保安官の手で競売にかけられていたのである。

十年前、ハモンド判事はシーダヴィル一の金持ちとしてつとに名を知られていた。ところが、今や、彼にとって大切な者たちがかつて暮らした屋敷が、醜く荒廃し、その手からもぎ取られようとしていたのだ。私は門の前にたたずんで、身を乗り出しながら、悲しい気持で中の荒廃した邸の姿を眺めようとした。生命の兆しはまるきり感じられなかった。扉は閉ざされ、窓は閉じられ、黒い煙突からは一条の煙すら昇っていなかった。ほんの数年前の楽しく幸せだった彼らの生活ぶりがふいに思い出された。母親は息子の将来におおいに期待し、息子は喜ばしくも自信をもってそれを待ち望む。父親は立派な家を誇らしく思いながらも、結果的には、賢明な庇護者となることはできなかったのだ。

ああ、父親が扉を開け放ち大切な場所に狼の侵入を許しさえしなければよかったのに。彼らの幸せな日々の姿を想像しつつ、その光景に暗雲の垂れ込めるのが見て取れた。嵐の予感がするかと思うと、すぐ眼の前で、激しい風雨が彼らを見舞う光景が見えた。嵐が通り過ぎるのを身ぶるいしながら待った私は、災いの果ての荒廃をつぶさに目撃した。なんという変わりようか。

「これもすべて、あの男が便利屋稼業に倦みはて、おぞましい富を得ようと思ったことがもたらしたのだ」

私は門を押し開け、庭に入り辺りを歩きまわったが、人住まぬ荒涼とした場所に足音だけが響き渡った。いや、何か物音がする。人の声だろうか。

しばらく耳をすました。

その音は再びはっきり聞こえてきた。まわりを見ても上を見ても、生き物の気配は感じられなかった。一分近く、私はそこに立って、聞き耳を立てた。そうだ、確かに音がする。低くうめくような声で、まるで痛みか悲しみに苦しんでいるかのようだ。二、三歩足を進めると、ドアのひとつが開いていることに気づいた。それを手で押し開けたときも、うめき声は依然、続いていた。声のする方に向かうと、大きな応接間のひとつに出た。空気はよどんでおり、中はまるで真夜中のように暗かった。手探りで窓を探すと、私は留め金をはずし、勢いよく鎧戸《よろいど》を開けた。日の光が一面に飛び込み、絨毯《じゅうたん》の敷かれていない埃だらけの床や、すすけた家具の上に落ちた。すると、私をこの部屋に導いたあのうめき声がいっそう大きく聞こえ、古びたソファの上に人影が見える。それがハモンド判事であることはただちに分かった。私は彼の肩に手を置き、名前を呼んでみたが、返事はなかった。さらに大きな声で名を呼び、軽く体を揺すってみたが、情けないうめき声が返ってくるのみである。

「ハモンド判事」切羽詰った声で私はそう叫んだ。

だが、無駄だった。あわれな老人は心身ともに朦朧《もうろう》とした状態から目覚めようとしなかった。

「死にかけている」そう思った私は、ただちに屋敷を出て知り合いを探すと、判事の悲しむべき転落人生の最後を託したいと願った。最初に助けを乞うた男は、ただ肩をすぼめ、自分の知ったことではない、誰か判事の関係者を探せと言うだけだった。次に声をかけた者も同様の反応であり、三番目の男についても変わりはなかった。声をかけた誰ひとりとして、この衰弱しきった老人に同情するものはなさそうだった。あまりの冷淡さにショックを受けた私が郡役所に行くと、ひとりの役人がハモンド判事の窮状を聞いて、ただちに数マイル離れた救貧院に判事を搬送する手はずを取った。

「でも、どうして救貧院なんですか。あの人には家があるじゃないですか」役人の反応を見て私は問いかけた。

「全部、借金のかたで差し押さえられているんですよ」

「債権者が取り立てた後は何も残らないのでしょうか」

「債権者だってどれほど借金を回収できるか怪しいもんです。支払い命令の半分も払えないでしょう」

「あの人を預かろうという友人はいないのでしょうか。羽振りのいいときは判事とつるんでいたくせに、数時間でも家に引き取って、惨めな人生の最後のときくらい心静かにすごさせてやろうという人間はいないのでしょうか」

「なら、あなたはどうしてここにやってきたのですか」鋭い質問だった。

私には応えるべき言葉がなかった。

「あわれな爺さんをなんとかしてやろうというあなたの思いが、誰にも通じなかったというわけですね」

「ええ」

「まことに落ちぶれたもんですな。威勢のよかったころは、自称友人という連中がいっぱいいましたよ。ところが、雲行きが怪しくなると、まるで干からびた枝から枯れ葉が落ちるように、みんな去っていったんです」

「でも、どうして。いつもこんなわけではないのでしょう」

「ハモンド判事はもともと利己的な俗人でした。みなあの人のことを好きではなかった。おまけに、スレイドの酒場をむやみに贔屓《ひいき》したことと、蒸留酒製造に乗り出したことが原因で、親しい友人たちもそっぽを向いてしまったのです。息子の堕落とあの恐ろしい結末も、奥さんが錯乱して亡くなったことも、人々は、みんなあの男のせいだと思っています。おぞましい悲劇の後は、誰もがあの人を避けるようになったんですよ。それ以来、あの人は世間に顔向けができなくなった。隣人たちでさえ、まるで犯罪者扱いで彼を遠巻きに見つめる始末です。そのあげくがこのざまというわけですな。救貧院へ運ばれて、そこで、一文無しのまま死ぬ運命なのです」

「それもこれも」半ば自分に言い聞かせるように私は言った。「ひとりの男がまっとうな仕事に飽き足らず、酒を売る商売に手を染めたことから始まったのだ」

「まさに、そのとおり。それ以外の何物でもありません」そう言いながら、役人は私から目をそらし、早急に判事を救貧院へ搬送する手筈を整え始めた。

その日、シーダヴィルをあてもなく歩き回っている途中、村の中心から少し離れたところに立っている、小さいがこぎれいな家が私の眼にとまった。周囲に咲き乱れた花や生け垣があるというわけではなかったが、ドア付近やきれいな歩道沿いには青々とした葉をたたえた灌木《かんぼく》に交じって、何本かの花や蔦《つた》が、美しい彩を添えていた。

「この気持のいい家の住人はどなたかな」スレイドの酒場でよく見かけた男がたまたまそのとき家のそばを通りかかったので聞いてみた。

「ジョー・モーガンです」

「本当に」私は驚きの声を発した。「モーガンはどうしている。元気なのか」

「とても元気です」

「酒は止めたのか」

「ええ。子供を亡くして以来、一滴も飲んでいません。あの件で眼が覚めたというか、それからずっと素面《しらふ》を通しています」

「今は、何を」

「以前の仕事ですよ」

「というと粉挽きか」

「そうです。ハモンド判事が破産した後、蒸留装置と綿繰り機は売られ、シーダヴィルから撤去されました。土地の権利を手に入れた人は神を畏れ、人間への信頼感を持つ人だったので、以前の秩序だった村に戻したいと考え、それで、製粉車輪で玉蜀黍《とうもろこし》や小麦をパンにするという昔のよき作業に復帰させたというわけです。製粉所を動かせる男はシーダヴィルにはサイモン・スレイドとジョー・モーガンのふたりだけです。サイモンは使い物にならないし、そこで、当然ながらモーガンが仕事についたということです」

「モーガンは素面《しらふ》でよく働いているんだね」

「村いちばんの働き者です」というのが返ってきた答えだった。

その日の昼のうち、スレイドと息子の姿はほとんど見えなかった。だが、夜になるとふたりとも、見ただけで悲しくなるような格好で酒場に姿を現した。ふたりが半ば酔いどれて酒場にいる光景は、昨夜の不愉快な場面をまざまざと思い出させ、まるで、彼らの怒りを前にしては、太陽が昇っては沈むという時間の経過などなんの関係もないという様子だった。

夜の早いうちは、かなり多くの客が酒場に集っていたが、あまり上客とはいえない連中ばかりだった。その多くは若者で、スレイドが保安官の監督下にあるという事実が耳に入ってきた。たまたま私の耳に届いた会話から、フランクの浪費癖が父親の窮状を早めたということも分かった。息子も、また、ライマン判事に借金をしていたのだが、何が原因かは言うまでもない。

九時をまわった時刻になって、客も五、六人近くに減ったころ、私は、フランク・スレイドが三度目か四度目にカウンターの後ろへ回る姿を眼にとめた。彼がブランディのデキャンターを持ち上げようとしていたときに、かなり酒の回った父親がつかつかと進み出て、片手を息子の手の上に置いた。たちまち、激しい光が息子の目に浮かんだ。

「手を放してくれ」

「いいや。ブランディの瓶を置け。おまえは酔っている」

「俺のことは放っておいてくれ、糞親父」フランクが腹立たしげに叫んだ。「あんたからもう指図など受ける気はないからな」

「飲んだくれの馬鹿者め」スレイドはそう言ってデキャンターをつかんだ。「瓶を放すんだ」

一瞬、息子はたじろいだが、すぐ次の瞬間、ゆるく結んだ手で父親の胸を突き、カウンターから数歩、後ずさりさせた。父親は体勢を立て直し、手を上げ、怒りを露わにしながら息子に突進していった。

「近づくな。俺に触ってみろ、殴り倒してやる」そう言いながら、彼は半分ほど入った酒瓶を振り上げた。

しかし、怒り狂った父親には後先のことなど眼中になかった。息子に近づき、至近距離まで来ると、顔を殴りつけた。

酒と激情に駆られた息子は、たちまち、酒瓶を父親の頭めがけて打ち下ろした。恐ろしい武器はスレイドのこめかみを直撃し、粉々に砕け散った。どさっと人が倒れる音がことの成り行きを雄弁に物語っていた。われわれが倒れた男のまわりに集まり、床から助け起こそうとしたとき、恐ろしい戦慄がそこに居合わせた者たちの体を走った。破壊された顔の上にすでに青白い死相が表れていたからであり、のどからは断末魔のうめきがもれていた。死の一撃が振り下ろされてものの三分もしないうちに、スレイドの魂は自身の体になされた仕打ちを告げにあの世へと旅立っていたのである。

「フランク・スレイド、おまえは親父さんを殺したぞ」

恐ろしい言葉がのっぴきならない調子で発せられたが、息子はしばらくその意味を理解できないでいた。しかし、恐ろしい事実を認識した瞬間、恐怖に満ちた叫び声を上げた。それと同時に、一発の銃声が響いた。だが、自分の命を絶とうという試みは失敗に終わった。狙いが定まっていなかったために、弾がそれ、天井を撃っただけだったのだ。

半時間後、フランク・スレイドは郡刑務所の独房に収監された。

この恐ろしい顛末に関して読者は説明を求めておられようか。いや、その必要はないし、私もそうするつもりはない。

第十夜　「鎌と麦束亭」での幕引き

おぞましい悲劇が起きた夜の翌日、その晩「鎌と麦束亭」において村民集会が開かれる旨を伝える張り紙が村中のいたるところで見られた。

夕暮れまでに、人々が集まり始めた。昼のあいだ閉ざされていた酒場が開放され明かりがついていたが、思えば、ここで、あまたの罪が生まれ、助長され、完遂されたのであった。その場所に深刻な面持ちの人々がぞくぞくと集まってきた。その中には、立派ないでたちのハーグローヴ氏、それに、ジョー・モーガン——いや、モーガン氏と呼ぶべきだろう——がいた。だが、そばにいたある男が名を呼ばなければ、彼に気づかなかっただろう。ジョーは立派な服を着て、背筋をぴんと伸ばしていた。その思慮深げな顔には、多くの深い皺《しわ》が刻まれていたが、以前の悪癖の影はまったく消えていた。そうやって私が観察しているあいだも、立ち上がり、人々に一言、二言語った後、ハーグローヴ氏をその夜の議長に指名した。これは全員一致で迎えられた。

議長席に座ったハーグローヴ氏は、おおよそ次のような短い演説を行った。

「十年前」と切り出した声は、最初いくぶん不安定だったが、演説が進むにつれだんだんと力強さを帯び始めた。「ボルトン郡広しといえども、シーダヴィルほど幸せな村はありませんでした。ところが、今や、荒廃の兆しがいたるところに見られます。十年前、心根の優しい働き者の粉屋がシーダヴィルにいて、誰もに愛され、人を傷つけることのない点では幼子同様の人間でした。ところが、今、その者の痛めつけられ膨れ上がった死体が隣の部屋に眠っているのです。その死は突然訪れ、しかも、わが子の手によるものでした」

ハーグローヴ氏の言葉はゆっくりと、しかし、力強くはっきりと伝えられた。最後の部分がかすれがちに囁《ささや》かれたとたん、戦慄を感じない者は一座の中にひとりもいなかった。

「十年前、粉屋はすばらしい伴侶に恵まれ、ふたりの無邪気で楽しい子供たちに囲まれていました。ところが、今、妻は正気を失い施設に隔離されており、息子は尊属殺人の重罪犯として郡刑務所に入っています」

氏がわずかに言葉を止めると、聴衆は半分、押し殺したような息遣いでじっと彼を見つめ、次の言葉を待った。

「十年前、ハモンド判事はシーダヴィルで一番の金持ちと見なされていました。昨日、彼は友人ひとりいない貧者として救貧院へ送られました。そして、本日、誰ひとり看取るものとていないなか亡くなり、貧者用の墓地に埋葬されました。十年前、彼の妻は、前途有望な自慢の息子を持った愛情あふれる母親でした。ウィリー・ハモンドがいかなる青年であったかは申し上げる必要はないでしょう。ここにいる者全員が彼のことを知っていました。ああ、何があの気高い女性の賢き頭を錯乱させてしまったのか。なぜあの方の心が傷ついたのか。今、あの人はどこにいるのか。ウィリー・ハモンドはどこなのか」

低く押し殺したようなうめき声が氏の言葉に応えた。

「十年前、そこのあなた」悲し気な顔をした老紳士を指で指し、名前を呼びながら、ハーグローヴ氏は話を続けた。「あなたにはふたりの度量の大きな男らしい息子さんがいた。今、その子たちはどうなってしまったのか。あなたに答えていただく必要はありません。彼らのその後とあなたのお悲しみはみな存じています。かく言う私にも、十年前、優しくて情愛の深い、ただ気の弱い息子がおりました。あの子を守ろうと私がどれだけ努力したか神様はご存じです。でも、あの子は誘惑に負けてしまいました。破壊の弓矢はかつてあれほど平安で幸せだったこの村の空気を暗くしてしまったのです。誰が危険を逃れえたでしょう。私の子供にはできなかったし、みなさんがたの子供たちもできなかった。

話を続けましょう。みなさんがたの前で、ひとりひとり、この十年のあいだにシーダヴィルで犠牲となった者たちについて暴くべきでしょうか。そんな時間はありますまい。並べ立てるだけでも、何時間と必要です。いやいや、もうこれ以上、暗い話はしたくはない。今の状況がもう十分に暗いことは明白です。だが、いったい、これほど邪悪なことの根っこに何があるというのか。何が問題の本質と言えるのでしょうか。誰が村を襲っている疫病を理解しているというのでしょう。村の空気には恐ろしい病原菌が蔓延しています。それは夜の闇の中を歩き回り、昼間は姿を隠すのです。家の跡継ぎの息子たちを殺して回り、苦悶の叫びが風に煽られて聞こえてきます。治療法はないのでしょうか」

「いや、あるぞ。治療法ならある」という声が多くの人々の口をついて出た。

「それなら、それを見つけ今宵のうちに実行しようではありませんか」と言って議長は席に座った。

「治療法はたったひとつしかない」ハーグローヴ氏に代わってモーガンが言った。「この村では呪われた商売は止めさせねばならない。川の流れを止めるには、水源を絶たねばならないと言います。弱く、罪のない若者を救うことが、神が私たちに与えられた使命だと思いますが、そうするには、誘惑者から彼らを守らねばなりません。悪は強く、ずる賢く、目的を達成するためならなんでもしかねない。弱く、罪のない若者は、狼に狙われた羊同様、その攻撃にひとたまりもありません。私自身、道を見失った者として、あるいは、日々、己の道に潜む危険に身を震わす者として皆様方に申し上げます。どうぞ、皆様方の宝物を破滅へと運ぶ、あの地獄の液体の流れを止めるために力をお貸しいただきたい。父親である皆様方、あなたがたのお子さんのため、立ち上がってください。ウイリー・ハモンド、フランク・スレイドのことを考えてみてください。そのほかの名前も挙げろと言われれば、何度でも繰り返しましょう。今晩、ここで、シーダヴィルでは金輪際、酒は売らせないと決意しようではありませんか。そのような方策を支持する市民は多数派ではなかったでしょうか。そのような制限を課したからといって、誰の権利や利益を害したことになるのか。いったい、この村に病気の種を蒔く権利を誰が有するというのですか。そのような権利が黙認されたとしたら、そうする自由を行使することで、犠牲者のみならず、その権利を行使する者自身にとってもよくない結果となるのです。証拠が必要なら、幸せで優しかった粉屋のサイモン・スレイドと酒場の主人のサイモン・スレイドを比べてみてください。隣人に害をなす自由によって彼が何を得たというのか。何もない。だから、神に誓って、酒の販売を終わらせましょう。そのため、ここに以下の決議を提案いたします。

シーダヴィルの住民の合意に基づき、本日以降、村の中で酒類の販売を禁止するものとする。

さらに、『鎌と麦束亭』にある酒はすみやかに廃棄するものとし、万一、債権者に損害賠償を請求された場合に備え基金を設立するものとする。

酒が販売されていたすべての場所を閉鎖するにあたり、法がすべての人民に認める財産権には留意するものとする。

司法当局の合意のもと、シーダヴィルにある販売用のすべての酒を破棄することとするが、所有者にはその目的のため設立された基金から、それに値する金が支払われることとする」

ひとり、ふたりの男たちが静かに、だが毅然とした反対を示さなかったら、決議案は拍手喝さいのもとに通っていただろう。興奮した一座の者たちに対して、間違った手段でよい結果は得られないという冷静な議論が提起された。

シーダヴィルには正当に選ばれた議員がおり、彼らだけが公的政策を決定する権限、すなわち個人がいかなる商売をしてよいのかいけないのかを決める権限があった。その手続きを踏まえてきちんとことを運ばねばならない。

このような事態のなりゆきに苛立つ声もあった。だが、理性と良識が最後には支配的となった。多少の修正を経て決議案は採択され、より過激な考えの者たちは、第二決議事項にあるとおり、その場にあった酒を廃棄することで憂さを晴らそうと、さっそく実行に及んだ。それから、人々は、心も軽く、村の将来に明るい希望を抱きながら、それぞれの家路へとついた。

翌日、シーダヴィルから出る駅馬車に乗り込もうとした私の眼に、ひとりの男が、「鎌と麦束亭」の上に長年君臨していた古びて色あせた看板柱に、鋭い斧を打ち込む光景が飛び込んできた。そして、ちょうど御者が馬に合図の言葉をかけた瞬間、あまたの人間を破滅の道へと誘い入れてきた虚飾の印が音をたてながら地面へ砕け落ちたのであった。

解説

森《もり》岡《おか》裕《ゆう》一《いち》

アメリカ人とアルコールの関係は植民地時代以来思いのほか深い。あるデータに拠ると、一七一〇年から一七九〇年代までの十五歳以上のアメリカ人一人当たりによる平均的アルコール消費量は純粋アルコール換算で年六ガロン、およそ二十三リットルだという。これを、たとえば、アルコール度数五〜六パーセントのビールで計算すると、年間およそ四百リットル、毎日三五〇ミリの缶ビールを三本は飲んでいる計算になる。ちなみに、一九八〇年頃のアメリカのアルコール消費平均値は年二・八ガロンというから、やはりアルコールが植民地人の生活に相当浸透していたことは間違いがないだろう。

ひとつには当時の水が不衛生で飲料に適さなかったことがある。とくに冷たい水を飲むことに対する恐れは強く、井戸のそばに「慌ててこの井戸の水を飲むものには死を」という警告の張り紙すらあったという。適正な飲み方は汲み置いた水を口の中でころがすようにゆっくり飲むか、ワインなどを足して飲む、できれば、アルコールを水代わりにするのが望ましいというように、細菌が多量に混じった当時の水に対する生活の知恵がアルコール嗜好を誘った面が強い。しかも、過酷な植民地時代の生活、とくに寒い地域で生き抜くため、酒は貴重なカロリー源、また、薬品代わりとして重宝されていた。当時の文献にあるように、「酒は老化を防ぎ、若さを保ち、消化を助け、粘液分泌を抑え、憂鬱を追い払い、心を浮き浮きさせる」効能を持つまさに「命の水」だった。

したがって労働の場においても酒が重宝され、たとえば、午前十一時と午後四時には雇用者からふるまい酒が出されることもあり、時間がくると市役所の鐘が鳴らされる町もあったほどだ。また、植民地人にとって、教会で祈り牧師の説教を聞くことが生活の重要な一部だったが、当時の教会には暖房設備がなく、とりわけ極寒のニューイングランド植民地では、長い説教で冷えた体を温めるために、教会から近いところにあるタヴァン（tavern）へ駆け込んで酒を呷るということが必要であったという背景もある。本作品でも舞台となるタヴァンとは宿屋と食堂と居酒屋の三機能を兼ね備えたようなもので、旅人に宿を提供するとともに、今述べたような酒供給の場として、さらには、地域のさまざまな問題を議論しあう政治・行政・社交の場でもあった。したがって、当初、各タウンの理事が許可証を発行して運営に目を光らせたり、実際の経営も教会の執事など地元の名士があたったりしており、地域の重要拠点の役割を果たしていた。

そうしたアメリカ人の酒好きが高じ消費量がピークを迎えたことに比例し、禁酒運動がもっとも盛り上がりを見せたのは十九世紀前半であった。アメリカにおける禁酒の話題となると、どうしても「高貴なる実験」と呼ばれた連邦禁酒法（一九二〇—三三）の時代に関心が偏りがちだが、十九世紀こそもっと注目されてしかるべきだろう。それまでローカルな運動を繰り広げていた各地の協会が大同団結してアメリカ禁酒協会を設立したのが一八二六年、その頃から、醸造酒には甘い態度を示していた節酒運動（temperance）が、実際上は全面禁酒運動（prohibition）へと転向することになる。当時の禁酒運動の中でも影響力の強かったのが、ワシントニアン運動である。これは、一八四〇年、ボルティモアの居酒屋に集まった酒飲み六人がわが身を省みて禁酒の誓いを立てたことに端を発するが、それまでの禁酒運動とは違い、大量飲酒者自らが改心し禁酒運動に乗り出したことが画期的であって、たちまちのうちに仲間が増え、翌年には十万人、さらに二年後には五十万人に達したと言われている。運動自体は短命に終わったものの、今日世界中で活発な活動を続けている「アルコール依存症者匿名会（略称ＡＡ）」の先駆けと見なしてよい。彼らが自らの協会に初代大統領の名を冠したのは、ジョージ・ワシントンが英国王ジョージ三世の圧政からアメリカを独立へと導いたように、彼らを「アルコール王」の支配から解放してくれるという願いをこめた命名だった。

大量飲酒者を更正させるには説得によるべきか、それとも法的措置で強制すべきかという問題がある。『酒場での十夜』においては、メアリーの死に際の訴えが父親のジョーを改心させたエピソードに見られるように、感傷小説に共通する道徳的説諭の有効性を押し出しているかに見える。しかし、小説が出版される三年前メイン州で発効したアメリカ最初の州政府による禁酒法の是非が酒場で熱っぽく議論されている場面でもメイン法支持派が説得的であったり、作品の最後で結局タヴァンが解体されて終わるプロットを見ても、何らかの強制措置により酒そのものが行き渡らないようにする施策が最終的には選択されている。そのように説諭か強制かは整然と切り離すことが難しいが、前者が徐々に後者に押される過程がアメリカ禁酒運動の歴史と言っていいだろう。言い換えれば、日常的、個人的レベルの運動から、立法、行政という政治のレベルへと問題が広がるということである。ワシントニアン運動は助け合いの精神による酒飲み自身の自助努力に根ざした新しさのため、すぐに大きな広がりを得たにもかかわらず、あくまで個人の意思に依拠して、法律を含む社会的措置を求める姿勢を欠いた非政治性ゆえに運動がすぐにしぼんでしまった。それとは対照的に、そもそも「家庭内の問題」としての大量飲酒に取り組んだ女性や聖職者を中心にした地域的な運動が、禁酒法の制定という明確な政治目標を掲げたゆえに全国的な政治運動へと発展したことは、説諭と強制の力学を明快に物語っている。家庭小説とジャンル的に交錯する禁酒物語が、道徳的説諭と法的措置というふたつの異質なモチーフを内包することも、そのことと無関係ではないのである。

Temperance（節酒運動）が Prohibition（全面禁酒運動）へと移り変わる過程には興味深いものがある。運動の推進者たちは初期の頃は政治の介入を恐れていたようであり、とりわけ市民が酒を飲む権利を自ら放棄することには抵抗が強かったようだ。しかし、酒害を防ぐための何らかの措置が必要であり、そのための便法として、たとえば、酒類販売の許可証を発行しないように役所に訴える「許可証不発行（no-license）運動」などはそうした実践のひとつである。その後、町や郡単位で酒類販売を認めるかどうかを住民が決定する「ローカル・オプション」制度が実施されているが、精神は同様である。しかし、問題は小さな単位で禁酒を行っても、「禁酒を実施していない（wet）」町なり州なりに行けば容易に酒が手に入ることだった。それを解決する手立てはただ一つ、「全米が禁酒（dry）」すればいいということになる。この論理をひたすら推し進めていけば、世界中から酒を締め出すことになり、事実、禁酒法撤廃後も禁酒連盟や宗教団体を中心に世界的な禁酒法制定を求める動きもあったという。『酒場での十夜』第五夜には、ライマン判事が禁酒運動家（原作では「禁酒党」との記述があるが、連邦レヴェルでの政党誕生は一八六九年の「全米禁酒党」を待たねばならない。あるいは地方政治の場で「禁酒党」と呼ばれる政党が存在したのかもしれないが、本書では「禁酒派」と訳出しておいた）らを非難して講釈を垂れる場面がある。彼は民主党の連邦下院議員という設定だが、この時期の連邦議会と州議会の関係は複雑であり、また、禁酒運動に関しては、同一党内でも意見の対立がしばしば見られる。たとえば、一八五一年に成立した初の州禁酒法「メイン法」の場合でも、上院の民主党員二十四名のうち賛成十四名、下院では六十七名中賛成四十二名、二大政党のもう一方のホイッグ党にしても、下院では四十六名のうち賛成は三十一、上院では賛成者は三名しかいない。市民の自由な権利を訴える飲酒派アメリカ人と酒害の被害に憤る道徳的禁酒派アメリカ人のせめぎあいのなか、さしずめライマン判事などは、政治信念を持たない、たんなる酒造家の傀儡に過ぎなかったようだ。

ところで禁酒運動が短期間に成功を収めた要因のひとつは、temperance narrative

と呼ばれる一連の文書が大量に出回り運動の普及に大いに与った点である。このタームは狭義には改心者の禁酒体験を綴った語り物を指し、「禁酒体験記」と訳せる。だが、それらは事実にもとづく自伝的文章である場合よりも、むしろ多くはフィクションであり、純然たる禁酒小説（temperance novels）との線引きすらしばしば困難であって、両者を含めて禁酒物語と呼ぶのが便利だろう。これらの、ときにプロパガンダと紙一重とも言うべき書き物と、講演会や各種啓蒙活動が連携し、禁酒運動を効果的に推し進めていったわけである。なかでも、講演者としてのみならず、その『自伝』（一八六九）が有名な人物にジョン・ゴフがいる。もともと芝居、歌というエンターテインメントの世界にいた彼は、酒で身を滅ぼしたことを改心し、持ち前のパフォーマンスを武器に印象的な講演活動を行って、始めのうちはワシントニアンの連中とは良好な関係にあった。ところが高額な講演料をとり始めたころから両者の関係が壊れ、ゴフはますます過激なアジテーター／エンターテイナーへと傾斜していくことになる。

ゴフの語り口はときに煽情的ともいえるほどで、とりわけアルコール依存症に特徴的な「震顫譫妄《しんせんせんもう》」（DT-delirium tremens）の描写を巧みに盛り込んだことで、「ＤＴの詩人」の異名まで得ている。ＤＴとは断酒後、四十八〜七十二時間ほどして現れる震顫（手足、舌、眼のふるえ）や譫妄（幻視、幻聴）などの症状を指すが、アメリカ開拓時代の町の名に、「墓石」「ゴモラ」などとならんで「ＤＴ」という名があったことを考えると、この言葉はかなり一般的なタームとして流通していたようだ。しかも、ゴフの講演では、酔っ払った父親が、二歳にも満たない自分の子供を暖炉に投げ込んで焼き殺すといった場面を演技力たっぷりに聞かせ、禁酒の勧めを聞きに来たというより、怪奇な話を聞くために集まった聴衆を楽しませていたようである。皮肉なことに、ワシントニアンと手を切り、ますます俗受けするようになったゴフを待ち構えていたのは、ある売春宿で泥酔しているところを見つかるという結末である。ゴフは敵対陣営による謀略だと弁明したが、この事件は彼の汚点となって消えなかった。のみならず、実際、不摂生（酒飲み）の禁酒活動家は多く、後に、その種の活動家を皮肉った禁酒物語の変種が出回ることになる。

ところで、禁酒物語の方に目を転じると、こちらも基本のパターンが幾つか見られる。なかでも特徴的なことは、禁酒物語のほとんどが、酒による堕落が不可逆的かつ漸進的に進行するものだという考え方に立脚している点である。アルコール依存を進行性の病ととらえる見かたは現代の依存症治療で有力な立場だが、アメリカにおけるそうした見かたの源流は、医師ベンジャミン・ラッシュに遡る。彼は、ペンシルヴァニア代表として独立宣言に署名した当時のオピニオン・リーダーのひとりだが、一七八四年に『蒸留酒の人間精神および肉体に及ぼす影響の考察』なる本を書いており、アルコール依存症治療の草分け的存在だった。彼の考案になる「精神と肉体の温度計」は、健康と富が約束された節酒から、病、死、絞首台が待ち構える暴飲にいたるまでの間に、少量の醸造酒（ワイン、ビール等）がもたらす心地よい酩酊感から、蒸留酒（ウイスキー、ラム、ブランディー等）の世界へ踏み込んだために、はれぼったい目をして不快感を抱きつつ、喧嘩、いさかい等、さまざまな人間関係の悪化を招く様子が、体温計の目盛りになぞらえて分かりやすく段階表示されている。

ラッシュ流の啓蒙ではその後、「不摂生海」のかなたに位置する「貧困大陸」と「完全禁酒海」に守られた「豊饒大陸」をコントラストにして作られた地図などに典型的に見られるように、視覚的に分かりやすく一般大衆を啓蒙する工夫が次々考案されている。とりわけ、ラッシュ思想の流れをよく反映しているのは、ナサニエル・カリアによるリトグラフ『酔いどれ歴程』（*The Drunkards Progress*, 1846）である。この図版は、第一段から始まる階段状のアーチを左から順に男が上っていく図柄で、右端は最終の第九段。第一段は、身なりのよい男がグラスを手に友人と楽しく語らっている。第二段は、「暖をとるため」の酒で、まだきちんとした身なりだが、横の女性の存在がいかがわしい。第三段は飲みすぎ状態、第四段になると杖を振り回して暴れ始め、頂上の第五段に至って、「完全な酔っ払い」の仲間に加わっている。第六・七・八段はひたすら転落の人生そのものであり、貧困から友を無くし、犯罪に走ったあげく、最後の第九段では、とうとう絶望感から自殺を遂げる。

禁酒物語のプロットも煎じ詰めれば、『酔いどれ歴程』と同じく、酒による不可逆的な堕落と、それにともなう家族の悲劇を描いたものであり、また多くは、最終的にワシントニアン運動の大義を称揚することで文章を結んでいる。物語とはいっても、要は禁酒を教え諭すことが目的だから、一本調子で文学的な趣きに欠けることは否めない。ただ、その中でさまざまな工夫をこらし、単調なメッセージをいかに効果的に読者に伝えるかがそれぞれの作者の腕の見せ所であり、なかには巧みな着想と叙述の冴えゆえに、文学作品として鑑賞に堪える域に近づいたものもある。

『酒場での十夜』がその一例であることは言うまでもない。ここで物語をおさらいしておくと、舞台はシーダヴィルというスモールタウンに新しくできたタヴァン（本書では、分かりやすさを考慮し、宿屋と酒場という訳語を場面に応じて使い分けてみた）である。主人のサイモン・スレイドはかつて粉屋として真面目に働いてきた男だが、心機一転、酒場経営にビジネスチャンスを見出そうと決意する。商用でこの村をたびたび訪れた語り手が、その都度この宿屋に泊まり、酒場を舞台に繰り広げられるドラマを観察した記録がこの小説である。主だった出来事としては、スレイドの元の雇い人で今はアルコール依存症者になってしまった男の幼い娘メアリーをスレイドが事故で殺めてしまう話や、将来を嘱望される青年が酒とギャンブルがらみの事件で殺され、彼を殺害したよそ者が村の住人にリンチされる話が語られる。また、酒場経営を始めたばかりにスレイド一家は崩壊し、最後には彼自身、息子に殺されるにいたるなど、悲惨な事件のありようがショッキングな口調で語られている。

梗概からも察せられるように、空間的にこの小説を構成している舞台は「鎌と麦束亭」というタヴァンであり、第三夜と第四夜で、瀕死の傷を負ったメアリーの家、第五夜で、語り手の仕事先の事務所、また、第八夜で、登場人物のひとりが議員として働くワシントンが舞台になる場面があるとは言うものの、梗概で述べた事件を含め、もっぱらタヴァン内部でドラマが展開している。語り手はしばしば章の冒頭で、何年かぶりにシーダヴィルへやってきたと述べるものの、その場合のシーダヴィルはこのタヴァンとほとんど同義であり、事実、村の主だった者たちが次々とこの酒場に顔を出すというプロットになっていて、この酒場が擬似コミュニティを構成していると言ってよい。したがって、もっぱら酒場内で継起する事件を綴ったこの作品を一種のスモールタウン小説として読むことはさほど突飛なことではないだろう。また、その意味では、この小説はきわめて演劇的な空間構造を持っており、早くに映画化され、現在にいたっても全米中で舞台化され続けていることが、そのことを証明している。

同じことは時間的な構成についても当てはまる。第一夜は開店早々このタヴァンに語り手がやってくる十年前の様子。第二夜から第四夜はその一年後、ある娘の死を巡る物語が語られる。第五夜から第七夜はその五年後、青年の堕落と死のドラマが話の中心となる。第八夜から第十夜はさらにその二年後、スレイドの死と酒場廃業の顚末が語られ物語が完結する。幾つかの死を巡るドラマが「起・承・転・結」のめりはりの利いた枠組みの中に配置され、時間の推移とともにシーダヴィルが堕落・崩壊していく様子がきわめて分かりやすく描写されている。

以上、この物語の空間・時間両面における演劇的な側面についてふれた。その意味で、読者層へのアピールを作家がかなり計算している印象が強いが、では、それを支える語り手の位置とその語りの質はどうか。この物語の原題は *Ten Nights in a Bar-Room, and What I Saw There* である。カンマで区切られた後半の、いわば副題部で如実に示されているとおり、あくまでこの物語の語り手は観察者である。冷静に眼前で起こる出来事を読者に記述することを自らの使命としていて、そのため名前はおろか、職業やこの村との関わりなど一切明らかにされていない。いわばカメラアイとしての機能を担わせられているのである。だが、時としてこの語り手はその本分を逸脱する。たとえば彼は、スレイドが地道な粉挽き業をやめてタヴァン経営を始めた動機についてあれこれ聞き出そうとするが、その設定自体は読者への情報提供と本作の演劇的性格からして不自然ではない。だが、彼がスレイドに「なにも金がすべてじゃないだろう」と皮肉なコメントを投げつけ、若い息子に酒場を任すことに強い懸念を抱くあたりから、この語り手にある種のうさんくささが漂いはじめる。彼は、また、後に事件を起こすことになるよそ者の賭博師を一目見ただけで、その邪悪さを感じとり、「どうしてみんなが、私のように、一目で嫌悪を感じることがないのかが不思議だった」「彼の顔を見て警告の印を読み取れない人間がいるとは」と嘆息するなど、再三にわたって予断をさしはさむ。事態はむろん、語り手の懸念どおりに進むのだが、彼の語りは、客観的な語り手としての本分をこえ、読者の印象を誘導ないしは操作する結果になっている。

第一夜で、悲劇の主人公のひとりとなる幼いメアリーが飲んだくれの父を迎えに酒場に姿を見せる場面において、語り手は娘が発した「お父さん」という声にいたく感動し、「私はこの言葉がかくも全身を震わせる声で発せられるのを聞いたことがない」

と述べる。これなどは禁酒物語一般に見られる感傷的表現の典型例ではあるし、そもそもこの物語が「十年前、ある用向きがあり、シーダヴィルという村で一晩を過ごすことになった」という一文で始まる回想の物語であるからには、すでにことの全貌を知っている語り手が思わず口走った言葉ではあるだろう。だが、いったん物語が始まってからは時系列に沿って記述が進められるなか、ときどき挿入される語り手のコメントには語り手の主観が色濃くまとわりついていて、what I saw ならぬ what I thought が紛れ込んでいることは否めない。

ことは語り手の問題というより、その背後にある作者の方にあると言うべきかもしれない。語り手が観察者の域をこえ、ときに行動者になるのも、細かな記述を可能にする方策として読者は許容せねばならないであろうが、第三夜と第四夜にあるメアリーの家の描写は語り手がそもそも物理的に存在し得ない場所での話であり、語り手を背景に押さえ込んだ全知の作者の視点が露骨に表れている。つまり、一見、冷静な信頼しうる語り手という印象を与えながら、酒害の恐ろしさを説くという禁酒物語のイデオロギーを前提として、予定どおりの印象をサブリミナルに読者に植え付ける語りを、語り手と作者が共同して担っているというのがこの物語の語りの基本なのだ。

では、そのようにして語られる物語とはどのようなものだろうか。禁酒／スモールタウン小説双方の語りの要素であった不可逆的な時間の進行という面から見てみよう。冒頭、語り手の目にとまったタヴァンはすべてぴかぴかで「雪のごとく白く」こぎれいでくつろげる場所である。「善良そうな顔に笑みを浮かべて」迎えてくれたスレイドの姿は「なんとも嬉しく、その握手にはまさに真の友ならそうであろうという親しみがこもっていた」。スレイドの妻は「シーダヴィル一の料理人」で、彼らには可愛い娘と、無邪気かつしっかりものの息子がいるという、まさにハッピーを絵に描いたような家族である。「建物、裏庭、庭園、それに離れは非の打ち所のない様子で、これぞ村の宿屋の理想の姿といえるものだった」と語り手は絶賛する。ところが、十年ほどのあいだに、そのような牧歌的な状況は一変する。スレイドだけをとってみても、「子猫一匹痛めることとすら考えることもできないほどだった」温厚な主人から、悪態を平気でつく暴力的な人間へと変化し、家庭はもちろんタヴァン経営もないがしろにして、ひたすら酒と賭博に明け暮れるようになる。その変化の過程は語り手がシーダヴィルを訪れるたびに悪化の一途をたどるが、その兆しはすでに冒頭部に胚胎していたのである。語り手が旅装を解いて酒場に赴くと、ひとりの若者が主人の息子と談笑している姿が目につく。青年の名はウイリー・ハモンドといい、村の名士ハモンド判事の息子である。その魅力的な顔つき、「たくみな言葉遣いや溌剌とした想像力」、高慢さも気取りもなく、「いつも陽気で」「座持ちが上手」な十九歳の若者に語り手は関心を引かれる。いわば、家柄、知力、外見、性格、社交性すべてを備えた完璧な人物が設定されていることになるが、奇妙なことに、その彼にはすでに、「享楽的な生活によるすさみ」が現れているし、また、「がつがつと渇ききったのどを潤すよう」な彼の飲みっぷりに、語り手同様、読者も不協和音を感じずにはいられない。さらには、スレイド自慢の息子であるフランクが、父親の過信とはうらはらに客の残した酒をこっそり失敬する光景がさりげなく書き込まれるなど、酒という悪魔がのどかなスモールタウンを侵食するという図式が、すでに冒頭から伏在している。スレイドにしても、その日遅くには、はじめ感じられた率直で開けっぴろげ、自信にみちた表情とは打って変わった様子で作り笑いを浮かべる姿が目撃されるなど、見せかけの平穏さの背後に潜む影の存在が強く印象づけられている。そう言えば、メアリーの父ジョーは粉挽き業を捨てタヴァン経営に乗り出したスレイドの心が、十年もすれば挽き臼のごとく硬化すると予言をするが、この小説はまさに彼の予言を検証する記録でもある。

スレイドの場合、ジョーを威嚇しようとして投げつけたグラスが不運にも父親を迎えにきたメアリーの頭を直撃し、それがもとでメアリーが病死した自責の念と新規事業をどこまでもやり遂げたいという思いの板ばさみが没落要因のひとつである。さらに、かつての幸せな日々に戻りたいと願う妻、酒に溺れる息子、ウィリーに関心を示す娘など、家族との軋轢もまたそれに拍車をかける。だが、変化はスレイドだけではない。ハモンド判事にしろハモンド夫人にしろ息子の堕落を心配するあまり見るたびに顔はやつれ心身ともに蝕まれていく。フランクは、律儀な孝行息子から、酒に溺れて口答えばかりする放蕩息子を経て、最後には父親殺しにいたる犯罪者へと転落の人生を送る。一家の崩壊に気丈に立ち向かい、メアリーの事故に際してはジョー一家を励まし続けていたスレイド夫人はついには心痛のあまり精神に異常をきたす。リストを続ければきりがないほどである。

　人物の変化に呼応して建物等環境の変化も見逃せない。メアリーの死という不幸が村を見舞った五年後に久しぶりにシーダヴィルを訪れた語り手は、村のさまざまな変化を感じ取り、損なわれたと思える光景を前にして、「洗練を司る手に待ったがかけられ、荒々しい怠慢の指がなんの邪魔もされずすべての上に醜い跡を残すことになったのか」と自問する。あれほど快適に思えた宿屋は、五年後には清掃も満足になされず、食事もまずく食欲を減退させる代物と変わり果てている。さらにその二年後には、しばらく投宿者のいないらしい宿帳にはペンすら備えられていない。あるいは、かつてシーダヴィルでもっとも美しいとされたハモンド判事の屋敷が、作品の終わり近く第八夜では醜悪なたたずまいと示されるなど、人物の精神のすさみが外見に現れ、それがさらには住環境に反映されるという構造こそこの小説を貫く基本モチーフと言ってよい。

この物語においては、すべてが不可逆的かつ漸進的に悪化する。観察の対象はむろん人物だが、その客観的相関物として、たとえば建物の様子が細かく描かれている。人間関係の変化を語るエピソードとしては、まずメアリーの不幸な事故があり、ついで、ウィリーの殺害事件、そして、犯人のリンチ、さらには暴徒化した住民による狼藉が描かれ、最後にフランクによる父親殺しで終るというように、シーダヴィルに出現した暴力と無秩序状態が肥大化し、最終的には混沌の極みから、ついに居酒屋の看板がはずされて物語は終わる。そして、その根源にあるのが言うまでもなく酒というわけである。

さて、酒による人間や環境の悪化についてはふれたが、それでは、人間関係の崩壊はどのように描かれるのか。結論を言えば、この物語においても、禁酒物語の定石どおり、それは家族、とりわけ親子関係の崩壊というモチーフを借りて描き出されている。この物語では都合五組の親子の悲劇が語られる。そのうち、酒に溺れる息子を心配し居酒屋に連れ戻しにやってくるハーグローヴ、ハリソン両氏をめぐる類似した話は、このモチーフを読者に印象づけるためのサブ・プロットにすぎない。スレイド夫妻と息子のフランクについては、スレイド夫人は被害者であるものの、フランクと彼女が直接絡む場面は少なく、フランクと関わりを持つのは父親のスレイドである。だが、この父子はいわば同じ穴の狢《むじな》であり、ともに酒に溺れ転落への一途をたどったあげく彼らは親殺しの悲劇を演じることになる。親子関係の崩壊という意味ではもっとも極端なものに違いないが、いわば自業自得という扱いを受けていることや、第九夜に蛇足気味に書き加えられていることもあり、ある意味、酒という害悪の自己破壊ドラマを擬人化して描いた印象すらある。

残る二組、すなわちメアリーとジョー、ウイリーとハモンド夫人の話は、すでにふれたように、この小説の二つのパート（第二夜から第四夜、第五夜から第七夜）の中核となる話であるうえに、父―娘、母―息子というジェンダーの対照性から見ても興味深いものがある。夜毎、酔っ払った父を迎えにやってくるメアリーの切ない訴えに語り手が感動するさまについてはすでに述べた。全知の語り手が報告する自宅でのメアリーはそれ以上に重要な役割を果たしている。彼女は、自ら瀕死の身でありながら、今後、居酒屋に近づかない旨の約束を父親にさせる引き換えに、わが身を神に差し出す覚悟をするばかりか、禁断症状に苦しむ父親を励まし、最後には自分のベッドにやさしく迎え入れ口づけし、「顔を父親と向き合うようにして、両腕は彼の首を抱きかかえ」るようにして眠るのである。この部分に近親相姦のモチーフを読みとる見解の是非は置くとしても、この場面の持つ煽情的な効果の何がしかはエロティックなものであることは否めないのではないだろうか。ジョーの妻は村でも評判の器量よしで、彼が惚れぬいて妻にしたものである。そんな夫にさんざん苦労させられながらも夫婦仲は悪くない。彼が禁断症状に苦しむ場面でも、医者を呼びに行ったり彼を介抱したり、彼女は懸命に夫に尽くしている。しかるに、夫婦間の性的要素は完全にそぎ落とされ、その機能は代理的に娘のメアリーに付託されている。むろん、時代的制約や禁酒物語というジャンルからも、夫婦という男女の性愛にスポットが当てられるはずもないであろうが、むしろ、それゆえ、寝室で抱き合って眠るジョーとメアリーの姿が、親子の情愛を超えた潜在的にエロティックなイメージを伴った強い喚起力で読者の反応を促すのではないか。実年齢から見れば、メアリーの一連の言動は明らかにできすぎである。これは、死によって聖性を得た子供が、残された大人を救済する力を持つという、十九世紀感傷小説のモチーフを踏襲した結果であろう。くわえて、妻の座に娘を置くことで、いわば無害化された性愛イメージを巧みに作品に取り込み、読者の感涙を誘うという大衆小説的工夫が、この物語の成功を支える上でひとつの役割を果たしたと言いうるだろう。

その裏返しがウイリーとハモンド夫人の場合である。夫人は息子が居酒屋に入り浸り、グリーンという賭博師に悪の道に引き寄せられるのを心配し、夜毎、居酒屋の前でウイリーの身を案じる。そもそも彼女は人並み以上の愛情を息子に注ぎ、息子もハイティーンになるまでは母親べったりという設定である。いわば、酒という敵に息子を奪われかけているという危機感を彼女は抱いているのである。夫人の祈りもむなしく命を落とした息子をかき抱いた彼女は、再三、息子に口づけし抱きしめる。典型的なピエタの図像ながら、ここにもやはり、かすかな性愛イメージが感じられないだろうか。ジョー／メアリーで示された親子の絆のパタンがここで反復されることで、読者の脳裏にはいっそう無害化されたエロティシズムが印象づけられることになる。ハモンド夫人はその後、ウイリーの臨終を知って自身もそのまま彼の体に倒れこむように昇天する。ここで描かれている二組の親子のドラマは、男が酒の魔力にとらわれ破滅し、ついで、女性がその被害者になるという酒害の悪しき連鎖であり、その意味では、カリアの版画に描かれた女性と同様である。だが、版画の女性が間接的な被害者に留まっているのに対し、メアリーとハモンド夫人は、自ら命を落とすという直接的かつ究極の被害者になるまで発展させられており、メロドラマ的煽情性が極まった感がある。このことも、また、大衆物語としてのこの作品を説明する際、見逃してはならない点だろう。

禁酒物語が、手を替え品を替えさまざまな工夫をこらしてきた点についてはすでに見た。それらの中にあって『酒場での十夜』の成功要因は、タヴァンに集まる人物群像とその家族の関係を交錯させ、時間をあけて訪れる旅人の視点を導入することで、きわめて密度の濃い物語空間を作り出したことである。この禁酒物語の代表作を生み出したT・S・アーサー（一八〇九―八五）は、一八四〇年代に出版された全小説の五パーセント以上を書いたとされる売れっ子作家であり、生涯百点ほどの小説、パンフレットを書いている。とりわけ、この物語は、少なくとも四十万部は売れたと言われる大ベストセラーだった。アーサーは他にも禁酒物語のジャンルに属す作品を多数書いており、ワシントニアンの体験告白集会に取材した『ワシントニアンとの六夜』（一八四二）も本作品と並び、有名である。

最後に翻訳について一言述べておきたい。本書はTimothy Shay Arthur, *Ten Nights in a Bar-Room, and What I Saw There* (Boston: L.P. Crown & Co., 1854) の全訳である。この種のものに共通して見られる大仰な表現や、紋切り型の言い回しに少なからぬ違和感を覚えられた読者も多いことと思うが、それこそがこの時代の感傷小説、禁酒物語の常套手段であったのだとご理解いただきたい。また、本作品にわずかながら登場する歴史上の出来事や固有名詞などに関しても、読みづらさを考慮して作品中に注として組み込むことは一切省き、本解説中で説明しておいた。その他、原作の文体、肌触りに忠実であろうとすると現代の読者には距離がありすぎる場合もあり、適宜現代風に表現してある点をご了解いただきたい。なお、文庫化に際して、松柏社の森有紀子さん、企画を推進いただいたKADOKAWA編集部の野本有莉さん、および、多くの細やかなご指示をしていただいた校閲担当の方に感謝したい。

＊本解説は拙著『飲酒／禁酒の物語学―アメリカ文学とアルコール―』（大阪大学出版会、二〇〇五）の記述に基づいている。

本書は、〈アメリカ古典大衆小説コレクション7〉、T・S・アーサー『酒場での十夜』(森岡裕一訳、亀井俊介・巽孝之監修)として、二〇〇六年三月に松柏社より単行本として刊行された作品を文庫化したものです。文庫化にあたり、一部訳文を改訂いたしました。

本書には、今日の人権擁護の観点からすると不適切と思われる語句や表現がありますが、作品当時の時代背景に鑑み、できる限り原文に忠実な翻訳といたしました。

酒《さか》場《ば》での十《じゅう》夜《や》

私《わたし》がそこで見《み》たこと

T・S・アーサー　森《もり》岡《おか》裕《ゆう》一《いち》＝訳

令和6年 9月25日　初版発行

発行者●山下直久

発行●株式会社KADOKAWA
〒102-8177　東京都千代田区富士見2-13-3
電話　0570-002-301（ナビダイヤル）

角川文庫 24332

印刷所●株式会社暁印刷
製本所●本間製本株式会社

表紙画●和田三造

●お問い合わせ
https://www.kadokawa.co.jp/（「お問い合わせ」へお進みください）
※内容によっては、お答えできない場合があります。
※サポートは日本国内のみとさせていただきます。
※Japanese text only

ISBN 978-4-04-115424-3　C0197

◇◇◇